나의 별아
너 지금 어디에 있니?

나의 별아
너 지금 어디에 있니?

성 찬 경

징검다리

차 례

- 제3부 -

- 제4부 -

※: 다음 쪽에서 연이 바뀜 표시.

제1부

포폴로座의 별들

어렸을 때
내가 언제나 보고 좋아한
별들이 있었다.
하늘에 모대모대 모여 있는
그 별 송이를
나는 포폴로좌라고 이름붙였다.

저 별들을
세상에선 뭐라고
부르는지 몰라.
혹 플레이아데스 성단(星團)이라
하는 것이 아닐는지.

나의 포폴로좌를 쳐다보노라면
끝없이 맑고 예쁜 소리가
폭포 물줄기처럼 흘러 왔었다.
포폴로 포
하고 흘러 왔었다.

특히 추운 밤에는
맑고 차고 시린
하늘의 소리가 울려 왔었다.
포폴로 포

하고 울려 왔었다.
윷 잘 노는 사람이
박달나무 윷으로
모를 낼 때처럼
맑고 곧고 신명나는 가락이
포폴로 포
하고 울려 왔었다.

내가 사랑한 포폴로좌는
어두운 밤하늘에서
퍼렇게 빛나는
빛의 왕자(王子)였다.
그 불꽃은
라듐 불꽃 같기도 하고
개똥벌레 불꽃 같기도 하고
더러는 눈물 머금은
진주의 무리 같기도 했다.

포폴로좌의 별들은
포폴로 포
하며 나에게
깊은 말을 속삭였다.
나는 그 뜻을

알아들을 수 없었으나
가슴속 제일 깊은 곳에서는
느끼며 이해했다.
나의 운명(運命)에 관한 얘기였는데
그럴 때마다 나는
오래 가시지 않는
신비스런 위안을 받곤 했었다.

나는 밤길을 갈 때
언제나 고개를 쳐들고
포폴로좌의 별들을
보며 걸었다.
포폴로 포
포폴로 포
하고 나도 소리내며
끝도 없이 걸었다.

지금도 어쩌다
그 별들을 본다.
나는 그냥
포폴로 포
포폴로 포
하고 중얼거린다.

미열

-아들리에의 환상

오늘은 이상해요.
오후의 일광이
아틀리에에 가까워지면
빙그레 신비로이
베일을 벗은 비너스가
별처럼 머언 세계를 바라보며
낮잠을 시작해요.

아폴로와 아그립빠아 그리고
많은 영웅과 절세의 미인들이
고대(古代)의 표정으로 사로잡힌 채
직선의 눈초리를 돌리지도 못하고
봉사, 그저 오후의 봉사를 하고 있어요.

오늘은 이상해요.

왜 내 세계의 어느 문이 한없이 열리어
이네들이 이렇게 요염하게 튀어들어오지요.

모오싸르트의 밤의 노래가
더욱 사무치게
나를 빠뜨려요

저어기로.
어느덧 둥실 떠오른 미(美)의 전당을 통해서
저어 세계를 나는 느껴요
나를 폭신 싸안아 갈 죽음의 세계를.
나를 황홀케 하는
이들의 자비로운 표정은
나를 환송하려는 축복인가봐요.
최후로요.

하하!
낮잠과
명랑한 취주악이 흘러요.

새싹 앞에서

하늘이 조금씩 쳐들리고 땅이 조금씩 떠밀리고 그 영
묘(靈妙)한 균열(龜裂) 사이 얼마나 짙은 시간이 발화
(發火)하고 있을까. 먼데서 날아온 빛이 먼데서 불어온
바람이 먼데서 흘러온 물이 너의 진액을 개고 있는 지
금. 그리고 또 먼데서 안 보이는 손이…… 여리고 순수
하고 가열한 네 앞에서 때묻은 나는 소멸하고 네가 지
나는 나의 안구(眼球)도 너를 품은 나의 내부도 지금은
다만 맑은 빛 맑은 바람 맑은 물.

보석밭

가만히 응시하니
모든 돌이 보석이었다.
모래알도 모두가 보석알이었다.
반쯤 투명한 것도
불투명한 것도 있었지만
빛깔도 미묘했고
그 형태도 하나하나가 완벽이었다.
모두가 이름이 붙어 있지 않은
보석들이었다.
이러한 보석이
발 아래 무수히 깔려 있는 광경은
그야말로 하늘의 성좌를 축소해 놓은 듯
일대 장관이었다.
또 가만히 응시하니
그 무수한 보석들은
서로 빛으로
사방 팔방으로 이어져 있었다.
그 빛은 생명의 빛이었다.
이러한 돌밭을 나는 걷고 있었다.
그것은 기적의 밭이었다.
홀연 보석밭으로 변한 돌밭을 걸으면서
원래는 이것이 보석밭인데
우리가 돌밭으로 볼 뿐이 아닌가 하는

생각이 들었다.
있는 것 모두가 빛을 발하는
영원한 생명의 밭이
우리가 걷고 있는 곳이다.

삶

번뇌 많은 삶이다.
겪을 만큼 겪지 않고
번뇌를 넘는 방법은 없다.
번뇌와 괴로움을 떠밀지 말고
오냐 오냐 하며 다 받아들이며
또 한편으로는 해야 할 일을 하는 수밖엔 없다.
웃을 때 웃고 즐길 때 즐기며.
어쩔 수 없이
고통의 제물을 많이 바치는 삶이
참으로 귀하다는 생각이 든다.
까닭은 역시 신비이리라.
즐거움은 날아가버리고
슬픔은 남아 가라앉는다.
해학이 잘 나오면 어지간하다.
틈틈이 정성으로 빚은 황홀만은
주변에 뿌릴 일이다.
남이 주는 황홀은
고맙게 받아 먹을 일이다.
슬프고도 황홀한 삶이다.

눈물

눈물을 통해서 세상을 본다.
눈물 안에 여러 빛이 어려온다.
무지개 사리알 구슬 따위가 뿜는 그런 빛이다.

어쩌다가 고인 눈물이다.
그러나 이 눈물 밑엔
무거운 삶의 짐이 산으로 솟아 있다.

잠시 고인 눈물에서 깊은 평화를 얻는다.
눈물에 비치는 세상은 역시 아름답기 때문이다.
눈물이 마음 안에 고운 노을로 퍼진다.

로마네스끄

모이 줍는 힘줄이
조금씩 닳는 쾌락.
두 어버이 바위처럼 도사리시고
처자가 꿀벌처럼 붕붕 나는 꽃밭.
시간은 갠 날 호수.
의식은 잔물결.
건강은 가야금 산조.
살랑이는 포플라 이파리에
영원한 신의 율동을 느끼곤
넋 잃는다.
하늘의 큰 그물을
솔솔 새는 나의 모반.
그러다간 또 피라미만한
기도를 띄운다.

가을에

모시에 밴 땀을
서늘한 쓰르라미 소리가 싣고 간다.
가을은
엷은 우수가 반짝이는 계절이다.
땀흘린 세월이 다 영글어
목곤한[1] 열매 되어 고개를 숙인다.
가을의 열매엔
길게 숨쉬는 은유가
득실 들어 있다.
볼을 스치는 바람은 누구의 영혼인가?
갈대밭에서 반쯤 비쳐보이는
저 건너는 무슨 마을인가?
가을엔
내 서늘한 사랑을 배우기 위해
마음의 순례에 나서리라.
가을은
시간이 흘러가는 소리가
벌레 소리와 함께
제일 잘 들리는 계절이다.

1)목곤하다=보기보다 무겁다.

사랑사리

날 괴시는 님의 마음 닮아 내 마음 님 괴고
님 괴는 내 마음 닮아 님의 마음 날 괴시니
서로 닮아 괴고 괴고 괴고 괴고 괴고 괴고
이렇게 더욱더 괴고 괴고 괴고 괴어
마침내 님의 마음이 내 마음이
내 마음이 님의 마음 되어 서로 하나로 괴어
괴는 불이 뜨겁게 일어 더욱 타고 더욱 달아
빨갛게 다는 고비도 넘어 퍼렇게 다는 고비도 넘어
마침내 희게 다는 고비에 이르니
거기에 또 서로 괴고 괴는 마음의 진기가 흘러들어
오래오래 구워져 영글어
사기도곤 단단하고 금강석도곤 단단하고
이슬도곤 맑고 예쁜 빛을 뿌리니
일러 사랑사리일러라.

혼인시계를 강탈해 간 동포에게

네가 버스에서 내 혼인시계를 강탈해 갈 때까지
나는 몰랐다
그 시계가 처음부터
나의 것인 동시에 너의 것이기도 했었다는 것을.
나는 몰랐었다
너의 손과 나의 손이 그 시계줄로 해서 묶여 있음과 같이
너와 나의 존재(存在)가 그렇게 직결돼 있다는 것을.
나는 그때 깨달았다
내가 너의 넓은 죄(罪)의 나라의 국경(國境)임과 같이
너도 우리 양심(良心)의 나라의 변두리라는 것을.
버스에서 비호같이 범행한 날랜 동포야.
나는 너를 모른다, 너의 이름을, 너의 얼굴을.
어쩌면 너의 이목구비는
그 시계의 문자판을 닮았을는지도 모르고
너의 두뇌와 손은
그 시계 나사의 단진동(單振動)처럼 정확히
돌아가도록 훈련돼 있을는지도 모른다.
나는 너의 범행을 생생하게 기억하고 있지만
너는 너의 범행을 유쾌하게 잊고 있을지도 모른다.
허나, 아아, 나의 동포야.
너도 네 양심은 너도 모르게 피 흘리고 있을 것이다.
물질에 지나친 의미를 붙일 필요는 없다고 말하며
나의 아내가 나를 위로했을 때　　.

너의 죄(罪)의 한쪽을 얻어 가진 나는
내 심장의 뉘우침으로
너와 나의 운명이 크게 한 테두리 안에 있다는 것을,
아담과 이브 이후
인생엔 이렇게 씁쓸한 맛도 있다는 것을
뼈저리게 뼈저리게 느꼈다.

신라 토기에 담긴 탱자

멀리 신라에서 온 토기에
탱자가 셋 담겨 있다.
내음의 봉우리인 탱자 향기에 섞여
은은히 신라의 흙 내음도 퍼진다.
신라와 현대의 열매가 닿고 있다.
이천(二千)년의 시간(時間)이 긋는
신비로운 선(線)이 고여 있다.
사차원(四次元)의 정경(情景)이
말 없이 옷을 벗는다.
신라의 빛깔은 엷은 쑥색.
탱자는 지금
터질듯한 순금(純金)의 피부.
토기는 긴 방랑에서
흙 속에서 썩는 뼈와 더불어 썩고 썩어
이젠 더 썩을 수가 없어
영겁(永劫)을 타고 있다.
허나 실은 이천년 전
토기가 가마에서 태어날 때
이렇게 만난다는 예언이 있었다.
하늘과 해와
바람과 지령(地靈)이
이 예언을 했다.
탱자는 영겁 위에 피어오른 순간이다.

신라와 현대의 우정은 황홀하다.
토기와 탱자의 밀어는 신비롭다.
삶과 죽음의 비밀이 풀릴 듯 풀릴 듯
점점 심각해진다.
토기를 두드리면 이상스런 소리가 난다.
이 소리엔 이천년의 연륜이 메아리진다.
그 소리를 탱자가 빨아들인다.
영겁과 순간이
서로 연애하듯 비쳐주고 있다.

동치미

쌓이는 눈과 함께
밤을 샌 술이 덜 깨 (친구는 갔고)
속이 사뭇 느글거려
아내에게 호소하니

대 쟁반에
쌍희희(囍) 청화로 쓰인
흰 보시기에
찰름 고인 동치미.

홀연 날아 내 생전
금강의 비경에라도 온 듯
놀라 어찔어찔한 머리로
굽어 들여다보니

호박(琥珀) 조히 삭은 듯
노르끄레 맑은 못에
동동 뜨는 반듯한 무우는
덜 맑아 뽀오얀 옥기둥이라.

옥기둥과 장단 맞추는
빠알간 버선고추는
아, 엄동에 피어오른 단심인가.

황진이의 시조의 가락인가.
눈에 스미는 것만으로도
속은 고사하고
뼛속까지 시원한데
그렇게 보다가 단숨에 들이켜니

정말 시원하구나
한국의 맛 동치미.
뼛속은 고사하고
영혼까지 시원하다.

이때 느꼈다 맛이라고 하는 것은
이렇게 하늘 땅의
얼의 혀에서
우려지는 것임을.

이때 또 알았다 숙취(宿醉)는 물론이요
이렇게 동치미를 마심으로 해서
알게 모르게 더 몹쓸 여러 병이
개운히 씻겨 내려간다는 것을.

간장

까만 독에서
흑수정처럼 익어 가는 간장.
까만 숯.
빨간 고추.
한국의 간장빛의 깊이에 놀라
한숨 쉬는 오후.
제 집 찾은 햇살은 스며
나신(裸身)으로 오색(五色) 영롱한 춤을 춘다.

이렇게 해서
간장맛이 난다.
한국 맛의 주춧돌.
몇 번의 즈믄 해를 두고
익어 오고 익어 가는 간장맛에 숙연해져.

백두산의 <天池>를 생각하며
아득히 떨리는 마음으로 들여다볼 때
머리에 서리 내린 어머님이 다가와서
「바위옷이 앉고
메밀꽃이 피는 간장이라야
맛이 나느니라」
하신다.

※

이 무슨 주문(呪文)일까.
홀연 색동옷처럼 화사한 설화(說話)들이
줄지어 지나가고
오후의 간장 풍악이 더욱 크게 울린다.

공해시대에
익어 가는 간장.
한국의 얼.
한국의 슬기.
가는 바람에 가늘게 출렁이며
한국의 맛이
익어 오고 익어 간다.

김치

김치 김치 하지만 한국의 맛 김치의 참맛을
알고 아끼는 이가 정말 그리 많을까 저어하네.
우선 김치는 먹는 모양 보면 단박에 알 수가 있으니
저기 앉아 저렇게 김치 먹는 저이도
안된 말이지만 김치맛을 알려면 멀었구나.
속을 톡톡 터는 꼴이 우선에 틀렸구나.
속을 듬뿍 담은 채 수박 먹듯이 먹어야 모양에서 되느니라.
그때 나는 아삭아삭 씹는 소리가
신기한 풍악의 장단처럼 울려 와야
그것이 김치맛을 아는 표시로다.
김치맛엔 그만한 신묘한 힘과 깊이가 있으니
보소, 거기 참으로 김치맛을 아는 이를.
김치맛이 너무도 기가 막혀
두 눈에 벌써 눈물이 글썽이고
넋도 잃어 황홀한 표정일세.
수백 수천 김치맛이 제각기 모두 다른 것은
사람마다 얼굴 생김새와
표정의 깊이가 다른 것과 같음이라.
이를테면 어떤 김치맛은 마음씨 결곡하여
거동에서 향기 이는 선비의 맛이요
또 어떤 김치맛은
눈이 부리부리하면서도 늠름하고 시원한 기상이
더불어 얘기하면 세상 근심 걱정 싹 씻어주는

대장부의 맛이요
또 어떤 김치는 칼칼은 하면서도
혀가 간지러울 정도로 감칠맛이 도는 것이
흡사 절개있는 미인의 맛이로다.
또 매사를 우물 우물 넘기는 버릇은 있으나
언제나 구수하고 재미나는 덕담으로
남을 웃기는 사람 닮은 김치도 있으니
참으로 헤아릴 수도 없이
변화 무궁한 것이 김치로다.
그야 말할 것도 없이
사람에게 못나고 못된 사람 있듯이
김치에도 그런 못된 맛 돋는 김치가 있으리라.
이를테면 익기도 전에 건방지게 셔 버려
먹는 이의 얼굴이 절로 찌푸려지는 김치도 있으니
겉은 화려해도 속은 썩은 위인(爲人)과 매일반이라
그런 김치 얘기야 해서 무삼하리.
김치가 익기도 전에 셔 버리는 집안 하고는
상종하지 않음이 좋으리라.
착한 이 깨끗한 이 덕있는 이
빼어난 이 늠름한 이 귀신 곡할 솜씨 있는 이
깊숙한 두메산골 바위에 난초처럼
향기 이는 이가 우리의 화제이듯
그런 김치 얘기를 하는 것이 좋으리라.

아, 김치맛을 참말로 알고 보면
그것이 복이로세.
세상에 태어난 기쁨 중의 하나로세.
그런 맛을 모르는 이 있어
섭섭하고 한스럽다.
김치 김치 하지만 겨울 날씨가 추울수록
김치맛이 난다는 평범한 사실도
모르는 이가 있으니 왜 이리 무심들 한고.
그런 이일수록 김치맛과 김치맛 비슷한 것조차도
구별하지 못하나니.
허기야 대강 김치려니 하고 먹는 것도
수일는지 모르지만
김치의 진미를 알고 보면
그것이 아니로세. 백번 아니로세.
전에 내가 미국엘 갔을 때
마침 겨울철이었는데
그곳 한 친지가 김치를 내놓으면서
이런 김치는 한국에서도 먹어 보기 힘들 것이라고
정색을 하고 자랑하는 바람에
혹시 하면서도 설레는 가슴으로
맛보는 순간 슬퍼졌으니,
물론 그나마도 감지덕지하며
먹기는 먹었다만 마음 속으로는

아아, 아니로다, 아니로다,
김치 비슷한 것도 아니로다 하였것다.
그도 그럴 것이 김치의 본고장인 한국에서도
빼어난 김치를 만나기란 그리 쉬운 일이 아니어늘.
해에 따라 농사에 풍년 있고 흉년 있듯이
김치맛도 해마다 다르고 고을 따라 다르고
담는 이의 정성 따라 다르고 솜씨 따라 다르고
게다가 그해 운수까지 겹치니
참으로 김장김치 맛을 헤아리기 어렵기란
사람의 운명과 다를 바가 없느니라.
그 정도로 오묘해서
마치 살아 있다고 아니 할 수 없는 것이
김장김치 맛이로다.
김장김치 얘기를 하다 보니
아아, 자연 생각이 옛 시절로 거슬러 올라간다.
지금은 사라진
누구에게나 꼭 한번 있는 낙원,
어린 시절 생각이 아련히 떠오른다.
잊을래야 잊을 수 없는,
김치맛 무르녹는 얘기가 푸짐하되
그 중에서 한두 가지 고를 테니 들어보소.
설날을 전후해서 춥고 긴 겨울밤에
대소가 식구들이 임성동 작은댁에

육촌까지 모두 모여 윷을 논다.
모두가 꽃으로 말하면 봉오리 같은
처녀 총각이다.
모두가 내로라 하는 윷꾼들이지만
윷 솜씨에 못지않게 신명 또한 대단해서
판만 벌어지면 밤이 깊은 줄도 모른다.
어떤 이는 으응하고 똥누는 소리내며
세가락잽이로 던지면 모 아니면 도요
어떤 이는 윷가락을 야릇하게 배배 틀어 던지면
역시 모 아니면 도다.
그러니 모냐! 도냐! 하는 함성에
모도 도도 쏟아지지만
엉뚱하게 윷이 날 때도 있으니
이런 윷이 이를테면 보리윷이리.
이기고 지는 재미도 재미지만
기상천외한 우스개말이 덩달아 연달아 나오니
윷과 더불어 웃고 웃느라고
모두들 배를 움켜쥐곤 한다.
그러니 어찌 밤이
싸게 깊어가지 않을 수 있으리오.
어느 틈에 벌써 새벽 두 시는 됐나 보다.
그럴 무렵 신명나게 노느라고 속여는 왔다마는
끝내 속일 수 없는 것이 배라

누군가가 응석하듯 아이 배고파! 한다.
내 그럴 줄 알았다, 하며
작은어머님이 문을 열고 나서신다.
바깥은 어느새에 쌓인 가는 싸락눈이라
보나마나 날씨는 매섭고 쌀쌀하다.
작은어머님이 어이, 춰! 하시는 투가
더러는 귀찮다는 뜻으로도 들리지만
그 보다는 차라리 노는 애들 뒷바라지 하는 일을
즐기시는 여운이라.
소복히 쌓인 싸락눈을
고무신 신고 밟고 가는 소리가 난다.
김치독 질그릇 뚜껑 여는 소리도 들려 온다.
추워서 아무도 따라나서지는 못하지만
모두들 그 장면을 머리 속에 그려 본다.
우거지를 헤치고 그 밑에 덮인
파란 배춧잎도 헤치고 더 깊숙이에서
잘 생겨 으뜸으로 먹음직스러워 보이는 배추포기를
꺼내 오시며 다시 한번 어이, 춰! 하신다.
부엌에 들어가서 김치포기를
살강 도마 위에 철석 놓는 소리가 들려 온다.
이윽고 순식간에 떡국 끓는 소리도 나고
잘 드는 칼로 김치포기를 북 북 써는 소리도 나면
이런 때 제일 빨리 반응을 보이는 고종사촌이

더는 못 참겠다는 듯이 침을 꼴깍 삼킨다.
그 소리를 신호로 해서
남은 사람들도 일제히 침을 꼴깍 삼킨다.
이윽고 밤참으로 떡국 잔치가 벌어진다.
떡국에서 김이 무럭무럭 나고
상 한가운데의 큼지막한 두 대접엔
갓 썰어 싱싱한
고추빛 피어오를 듯 붉은 김치가
수북 수북 담아져 있다.
자, 먹기다.
떡국은 삽시간에 없어진다.
그러나 워낙 큰 대접이라
김치는 아직도 많이 남아 있다.
그러나 그게 아니다.
웆 솜씨 떡국 먹는 솜씨에 못지 않게
김치 먹는 솜씨 또한 경지에 이른 꾼들이라
가진국색으로 솜씨를 자랑하며
김치를 맨으로 먹어 들어간다.
말이야 바른 말이지 이렇게 경쟁하듯
맨으로 먹는 김치맛 보다
더 마술적인 김치맛이 또 있으랴.
콧구멍 한 쪽을 손가락으로 막고
남은 콧구멍을 벌름거려 가며 숨을 깊이 들이마셔

김치 향내를 더욱 짙게 증폭시키는 방법은
좌중의 누군가가 발명한 것인데
이제는 누구나가 이 방법을 애용한다.
추운 겨울 한밤중에 외풍 없는 아늑한 방에서
윷노느라 땀 흘리고 떡국 먹느라 땀 흘린 만큼
상기 바깥 겨울 날씨 품은
김치 먹으며 시원해 하면서도
매워서 허허하며 다시 땀 흘리는 그 맛을
어이 말로 다 할 수 있으리오.
또 한 가지 생각나는 것 역시 어릴 제의 기억인데
아침 밥상에 기름이 잘잘 흐르는 흰 쌀밥에
흑수정 같이 검푸른 콩이 드문 드문.
그 밥 위에 잘 구운 김 한 장 얹고
입에 넣어 아시 맛을 보며
이어 지체 않고 빛깔도 모양도 좋은 김치 한 점
솜씨 있게 젓가락질해서 입에 쓱 넣고
눈을 지그시 감으며 더욱 깊은 맛을 보면
뜨거운 밥과 찬 김치가 조화되어 들어가는
그 가운데의 맛이
더울 때 서늘한 바람 쐰 양 너무도 기가 막혀
이 세상 살아가는 보람과 재미의 태반을
건지는 느낌이라.
그 무렵 작은댁 김장김치 맛은

이를테면 곡선 우아하고 빛깔과 무늬 그윽한
고려청자를 보는 맛과 같았고
우리집 어머님이 담그시는 김장김치 맛은
태없이 순박하며 어딘지 곧고 맑은 조선백자 보는
맛이었는지라,
그런데 무슨 음식이고
너무 오래 한 가지만 먹으면 생각이 달라지니
조선백자 맛보면 고려청자 생각나고
고려청자 맛보면 조선백자 생각나는 바람에
우리집에서 작은댁으로 작은댁에서 우리집으로
오며 가며 하며 번갈아 두 김치맛 보는 중에
겨울을 나는 일이 그렇게 즐거웠네.
긴 긴 겨울도 어언 다 지나가
김치맛이 시어질 무렵이면
영 영 가버린 겨울이 아쉬웠네.
무릇 김치맛이 맛 중의 맛이라
김치 없인 아무리 좋은 음식도
제 구실을 못하나니.
김치 없는 갈비가 무슨 소용이랴.
산해진미가 무슨 소용이랴.
맵고 시원하고 향긋하고 칼칼한
김치맛이야말로 바로 한국맛이라,
생각컨대 김치맛이 좋을 때엔 세상 인심도 좋고

인심이 사나울 때엔 김치맛도 신통치 않은 듯,
우리 모두 보배로운 한국의 맛
맛 중의 맛 우리 김치를
길이 아끼고 사랑하세.

나의 별아

나의 별아.
너 지금 어디에 있니?
내가 아무리 찾아도 나타나지 않는
나의 별아.
너 지금 어디에 있니?

나의 별아.
너는 어떻게 생겼니?
내가 그렇게 그려봐도 떠오르지 않는
나의 별아.
너는 어떻게 생겼니?

나의 별아.
내가 마침내 너를
찾아낼 것이라고 믿어도 되겠니?
내 마음 하늘 신비로운 빛
나의 시의 별아.

제 2 부

표안나게 표안나게

표안나게 표안나게
효도도 표안나게
연애도 표안나게
애국도 표안나게

효도도 연애처럼
연애도 애국처럼
애국도 우정처럼

계절이 이어지듯 표안나게 표안나게
착한 일을 은밀히 딴 창고에 쌓기
그 맛이 탁 터지는 수밀도의 국물보다
더 달고 푸지나니

우리 모두 하루하루 표안나게 달라질 때
아, 이윽고 우리나라
땅 위의 하늘나라 되리니

표안나게 표안나게
연애도 표안나게
애국도 표안나게
효도도 표안나게

가을에 돌아온

가을에 돌아온,
나의 건강이 빛나는 날.
온몸의 세포가
유리알처럼 투명해진다.
건반 디디듯
사뿐히 걸으며
부신 햇살에
햇살 되고
스치는 바람에
바람 되고.
손에 든 탱자 하나
코에 비비면
그 짙은 향내가
영혼의
정수리에 스민다.
불혹의 나이일 텐데
난데없이 연상되는
정액 냄새가
역겹지도 않다.
삶이 이슬처럼
단화되는 날.
바라지 않으리라.
한국이 좋구나.

가을에 돌아온,
나의 건강이 드문 보석처럼
빛나는 날.

교차

땅과 하늘의 교차 없이
맺어짐이 뭣 있으리오.

번쩍 십자로
써는 퍼런 날.

패인 골짜기
싸게 도는 피의 여울.

아픔 나누는 것이
황홀 나누는 것이

맺어짐의 신비의
극치가 아니리오.

혼이 살 되고
살이 혼 되는.

무덤의 어둠을 뚫지 않고
어이 다시 난다 하리오.

가려움과 음악

요새는 툭하면 두드러기다.
때없이 몸에 지도가 그려진다.

긁을수록
손등에 뜨는 섬이 선명해지고
팔뚝에 솟는 산맥이 험해진다.

이젠 차라리
두드러기와 친하는 쪽이 마음 편하겠다 싶어
기기묘묘한 그 모양을 들여다보기도 하고
가려움의 참맛을 음미해 보기도 한다.
어차피 가려움도
이 세상에서 치러야 할
세금인 듯싶어.

가려울 때 긁으면
시원한 그 맛은 정말 일품이다.
그러나 그만큼 더 가려워진다.
그러니 더욱 긁으면
더욱 시원하고
더욱 가렵다.
가열하게.
못 견디게.   ※

그러다가
마치 방아쇠라도 당기는 기분으로
긁는 손을 뚝 뗀다.
가려움은 태풍이다.
이때다, 하고
가려움의 한복판에 들어서서
가려움을 또 맛본다.
(그런데 이 느낌만은
말로 옮길 수가 없구나.)

이젠 긁는 것도 안 긁는 것도
어느 정도 자유자재다.

세종문화회관에서
브람스의 교향곡 제4번이 울려퍼질 때
또 요놈의 두드러기가 인다.
이번에도 안 긁고 내버려두다.

관과 현의 가락에 가려움이 얽히고
가려움에 타악기가 튄다.
이것이야말로 음악 플러스 알파.
진짜 실존적 음악.
전혀 새로운 예술의 장르.

괴로운 열중(熱中).
하는 사이
음악도 가려움도 온데간데없고
다만 황홀한 존재의 승화(昇華)만이 있다.

고비를 넘으면
피안의 노을.

영혼이나 육체의
갈증이나 그리움도
어차피 이런 것이 아니겠는가.
알고 보니
브람스의 교향곡의 최종악장이
천둥처럼 울려퍼지고 있었다.

벌레소리

잠자면서
나는 다시 벌레소리에
귀를 기울이고 있었다.
벌레 음악의 장단이
느렸다 빨랐다 하며
출렁이고 있었다.
나는 깊이 가라앉았다
얕게 떠올랐다 하고 있었다.
처음엔 한 가닥 실올이던 그 소리가
어둠의 사해(四海)에 합주로 번져
뭇 성좌가 일제히 빛을 터뜨리듯
빛났다.
나의 영혼도 따라 빛났다.
이때 나는 아름다운 나그네였다.
벌레의 대위법의 흐름은
먼 길이었다.
그 아득한 끝에 초생달 같은
하늘의 문이 열려 있었다.

나의 집

주문(呪文) 찍힌 잡동사니가
탑처럼 쌓이는 유기질 동굴.
드러누우면
북통만한 방이 슬그머니 늘어나
팔 다리 뻗을 자리가 열리고
내가 찾는 개미 구절(句節)이
먼지 덮인 책 갈피에서 기어나오고
구불구불 굴절하는 틈서리로
달빛이 스민다.
빗방울이 천정에 해도(海圖)를 그리고
어린것들은
유년의 마술로 기적 소리를 내며
책상다리 사이로 만국유람을 한다.
별구경이나 할까.
한밤중에 뜰에 나서면
나의 외피(外皮)인 식물들이 독바람 속에서도
말없이 푸른 호흡을 하고 있다.
다행히 가난이 나의 편을 들어주어
집이 좁아질수록
깊이 뻗는 뿌리.

여체

시간의 산맥의
흰 솔 성긴 어느 봉우리에서
화초 보듯
본 여체(女體).

볕 쬐고 서리 맞아
시든 살갗에
이젠 포근히
달빛이 스민다.

멀리 기우는
능선이 부드럽다.
마른 풀내 나는
양지와 그늘.

다시
발견한
황홀에
한숨.

비밀이 고여 가는 여체.
현실에 꿈의

안개 이는 고을.
여체.

춤

나는 춤을 추고 있었다.
물이라 해도 불이라 해도
흙이라 해도

.그런 대로 들어맞는 춤이었다.
제자리를 빙빙 돌며
또 어디론가 가고 있었다.

그러다가 저만치에서
정말 춤을 추는 이를 보았다.
이를테면 하늘에서 내려오듯

하늘에 솟듯
수직의 시공(時空)에서 추는 춤이었다.
번개처럼 번쩍했다가 다시

가락처럼 흐르는 무애(無㝵)라 할까.
그러고 보니 나의 춤은
차라리 어설픈 그림자였다.

황홀하다 못해 슬픈 그 춤은
오래 머무르지를 않았다.

안개 걷히듯

이윽고 나의 시야에서 사라졌다.
나는 여전히 춤을 추고 있었다.
꺼지듯 타오르듯 춤을 추고 있었다.

철쭉과 벌

만발한 철쭉을 본다.
아아, 눈부심.
비치는 꽃잎.
어디선가 벌이 날아와
꽃잎 자리 속에 비비대기치고 든다.

벌이 매달릴 때
시위 당긴 활처럼 굽고 나서 단진동(單振動)하는 대.
벌의 중량(重量)과 대의 탄력(彈力)의 오묘한 조화 놀이.
벌이 뜨자 도로 발딱 일어서는 대.
한 대. 두 대. 다음 대.
들린다. 벌이 뜯는 수술 하아프의 미시음(微視音)이.
들린다. 수술 대들의 기쁨의 고함소리가.

꿀을 모으는 벌.
시간을 모르는 벌.
죽음이 없는 영원한 순수현재(純粹現在).

수 정기(精氣)를 암 정기에 대주는 벌.
보인다. 간지러운 암술의 보랏빛 황홀이.

벌의 농장, 꽃.
착한 벌.
착한 꽃.

계곡을 굽어보며

마침내 굴러떨어지다.
저지른 허물이 앞뒤에서 이 자식, 하고 벼르고 있어
오오, 왜 이리 더딘고 형벌이여, 하며
유치원아(幼稚園兒)처럼 조그맣게 쪼그리고 앉아,
다만 심한 뉘우침으로 심장을 파열시키려고
뭣인지 심령(心靈)의 소리를 부르짖으니,
보라, 내 겨드랑 밑엔 예쁘장한 날개가 돋아나
나는 구원되어 유유히 하늘을 나르고 있었다.
하계(下界)를 굽어보며.

드디어 꼭대기에 일착(一着)하다.
도중에서 때려잡은 노루를 어깨에 메고
하하, 승리란 이런 것, 하며
아직 저 밑에서 우글거리는
못난이들을 비웃으며
일성(一聲), 멋진 바리톤을 길게 뽑으며 취해 있을 때,
어느 틈에 쇠사슬이 소리없이 기어와서
또다시 꼼짝 못하게 나의 두 다릴
칭칭 동여매고 있었다.

크리스마스 카드

미국에 보낼
크리스마스 카드 한정판 3부만 만들어볼까.
국제우정의 마지막 남은 여운.
어린이용 크레파스를 꺼내서
상상의 날개를 퍼덕여본다.
날개의 힘줄이 이젠 굳어
얼어붙은 땅을 떠나지 못한다.
어린 것들이 모여들어
아비의 궁지는 아랑곳없이
청순한 상상의 광맥을 마구 뿌린다.
어린 것들은
구름 위에서 아직 땅을 디디지 못하고 있다.
한 녀석이 크레파스를 보고
무지개 같다고 한다.
떠들지 마, 하고 왕밤을 먹인다.
그리곤 문득 정신이 나서
무지개 모양의 띠를 그린다.
부끄러운 모든 것을 숨기고 있는
추상의 무늬가 피어오른다.
어린 것들이 감탄한다.
팍팍한 계절의 팍팍한 생각 속에
점점 빠른 여울이 되어가는
시간의 모퉁이에서

미국에 갈 크리스마스 카드가
가까스로 완성된다.

자작음

폭음하던 시절도 있긴 있었다.
요새는 독한 배갈을 한두 잔
고독하게 마시는 맛이 좋다.
주량이 미량(微量)으로 는다.
뭣보다도 이런 정도의 체질을 주신
하느님께 감사드리고 싶다.
취하면 여러 가닥의 묘상(妙想)이 스치지만
그것을 영감(靈感)으로 잘못 알진 않는다.
허나 취하면
부정 아닌 긍정으로
미움 아닌 사랑으로
마음이 돌아서는 것이 좋다.
시야가 탁 트이고
너와 나의 구별이
중생 속에 녹아든다.
이젠 뭣이고 심성에 놓을 침을
가열하게 찾아야 할 때다.
50대에 10대의 신부를 얻은
윌리엄 바틀러 예이쓰가
회춘 수술을 받았다는 얘기가 생각나
절로 미소가 나온다.
아암, 사람은 그래야지.
고독하게 독한 배갈을

한두 잔 마시면
삶과 죽음의 터전을 넘어
우주에 둥실 떠 있는 기분으로
시간의 쓰레기를 싹 쓸어내는 맛이 좋다.

태극

천사와 악마의 혼인 잔치에서 새어나오는
법열(法悅)에 흐느끼는 유성(柔聲)의 갈래갈래.
보라. 바다 위에서 타는 불이 하늘을 사른다.
영혼은 달아날 궁리를 하고 육체는 아플수록 띠를 죈다.
끝없는 싸움의 무도(舞蹈). 금슬 좋은 자웅(雌雄).
핥으며 빨며 물어뜯고 달래며 속삭이며 쓰다듬는다.
뇌수(腦髓)와 정액(精液) 해골(骸骨)과 자궁이 서로 꼬리를 문다.
무덤 속에서 나비가 화화(花火)처럼 튀어나오고
부뚜막 속으로 꺼진 유성(流星)이 튀어든다.
천사가 탄 가마를 유령이 짊어멘다.
기쁨은 신(神)의 하체. 슬픔은 신(神)의 상체.
모세관현상이란 생리의 실이 금강석과 은행나무와
GOETHE와 JEHOVAH를 꿰매면 AURORA의 염주(念珠).
못 고치는 병에 걸리면 꽃 나라의 의사를 찾으라.
성난 호랑이를 쫓는 것은 잠든 영아의 얼굴뿐이다.
때론 백합의 순결. 때론 야차(夜叉)의 요염.
수정의 그릇 속에서 두엄이 무럭무럭 김을 내고
호도 껍질 속엔 소크라테스의 슬기가 서린다.
똥 오줌이 짙을수록 수박 국물이 붉다.
고요 속에 음악. 음악 속에 잠음.
어지러움 속의 안식. 쾌락 속에 숨은 기도(祈禱).
바위를 움직이는 믿음. 신앙을 위협하는 산악(山嶽).
바람을 마시고 사는 항아리는 늘 배가 부르다.

물이 허물을 씻고 불이 태워서 정화하면

싸움터는 낙원. 총칼은 조로와 호미.

델타의 궁전(宮殿)이 비오롱이라면 은지팡이는 줄을 부비는 활

타는 솜씨는 신(神)의 유머.

상상은 대리석. 감각은 무지개.

들어라. 무궁동(無窮動). 따와 하늘의 귓속말.

끈질긴 방랑 끝에 적멸(寂滅)과 영생(永生)이 교차한다.

베니스

꽃과 황금가루와 대리석으로
베니스를 윤내고 빛낸 옛 사람들은
이 물의 마을의
참 아름다움을 보지 못했네.
베니스의 무르녹는 과즙(果汁)은 지금.
20세기 후반(後半)의 베니스가 그것.
파도와 세월의 물결에 씻기며
바닷속에 한 치 두 치 가라앉아
이젠 발목까지 안 보이는 베니스.
사람은 버리고 게는 지키네.
허물어짐의 아름다움.
사라짐의 아름다움.
비스듬히 기운 거상(巨像)의 아름다움이여.
코끝이 떨어진 명공(名工)의 조각.
벽돌의 산호 속살.
헝클어진 그물 모양의
치밀 오묘한 곰팡이 무늬.
위로 위로 기어오르는
수박색 이끼의 창(槍)끝.
진정 사람의 솜씨는 아닐세.
<빛 신랑>의 <그늘 신부>가
면사포를 벗네.
아름다움의 극점이 지나가네.

베니스여.
곤돌라여.
태양 아래 펼쳐지는
아프도록 선명한
꿈이여.
현실이여.

유쾌하게 빌었다

유쾌하게 빌었다.
눈보라에 얻어맞으며
톱날 같은 고개를 기어넘고
다시 개인 봄날
얼음이 녹아 흐르는 물 들여다보며,
지난 시간이 다만 졸음 되어 밀려와
미묘하게 오래 졸며
내 염통이 참을성 있게 뛰는 소리 들으며
유쾌하게 빌었다.

유쾌하게 빌었다.
파쇠 긁어모아 새사람 (鳥人) 만들 때
산소땜하는 불 들여다보며
그 퍼런 불꽃에서 태어날 날개가
날 불가지(不可知)의 공간을 그려보며
유쾌하게 빌었다.

유쾌하게 빌었다.
눈 덮인 낭떠러지 위에
솟아 있는 두 그루 소나무 같은
두 구절이 나오지를 않아,
꼭 나와야 할 그 두 구절을 찾아
황혼녘의 마음 안 공간을

끝없이 헤매며
신음하며
유쾌하게 빌었다.

유쾌하게 비는 글을 지었다.
기왕에 있는 글을 외는 것은 단념하고
불방망이와
물기둥으로
사랑과 죽음으로
어린이 문법에 맞춰
벌레소리 가락 따서
그때그때 유쾌하게
비는 글을 지었다.

추사(秋史)엔 거리낌없이
내 영혼을 초생달만큼 쪼개주고
조선조 사기그릇에
사금파리만큼 뜻 굽히고
클레에 보고 화가 되고,
또 영화 보고,
모오짜르트 듣고,
또 춘화 같은 농담 하고,
헨리 무어의 구멍에 흘리고, 하며

마음을 씻었다 물들였다 하며
유쾌하게 빌었다.

유쾌하게 찬미했다.
음양(陰陽)의 원리에 따라
양(陽)인 나는 음(陰)을, 음(陰)은 나를
목숨 걸고 서로 꼬여,
깨끗한 세금은 다 치르고,
태극으로 서로 물고 빙빙 돌며
꿀 둠벙에 빠질 때
거룩한 생각이 들어
이 원리의 시조(始祖)를
유쾌하게 찬미했다.

눈 위에 오줌으로 별 일곱 개 그려
동방과 서방의 성현(聖賢)을 기념하고
귀여운 손가락들을 위해서
부스러기 바람이 돼가는 뼈마디를 위해서
눈처럼 흰 빵을 위해서
둘로 잘린 조각을 위해서
개똥벌레 빛을 내며 미래를 나는
피의 말을 위해서
땀의 풍년을 위해서
유쾌하게 빌었다.

제3부

깨달음

깨달음은 길지가 않다.
길가의 돌멩이의 웃음,
그런 것이다.

깨달음은
후미진 곳에만 있는 것이 아니다.
길들어 반들반들한 자루.
노상 보는 가로수의 이파리 끝에
반짝 켜지는 것.

깨달음은 밝고 기쁜 충만이다.
크건 작건 동그라미처럼 온전하다.
있는 것과 있는 것 사이,
그대와 나 사이,
무생물과 생물 사이를
채워주는 것.

아, 깨달음이 예쁜 빛을 터뜨리고 나면
어찌 그것이 내일로 모레로
변치 않고 이어지랴.

그러나 글피쯤 노을로 사라져도
늘 기억의 별로

안 하늘을 비춰주는 것
그런 것이다.

시에

너 네 심령(心靈)이 맑게 개고
그 속에 하늘의 뜻이 비칠 때가 아니면
읊어서는 안 된다.

너의 심령이 눈을 부비며
스스로의 육중(六重) 비밀(秘密) 투구를 뚫고
그 속에서 엷은 웃음 짓는
너의 먼 옛 모습을 찾을 때가 아니면.

너 네 심령이 활활 타서
뼈의 오뇌(懊惱)와 피의 행복을
꽃 별 밭 위에 구름처럼 띄울 수 있을 때가 아니면,

그래서 이미 너의 심령(心靈)이 너의 것만일 수가 없어
홀가분하게 나서 뭇 사람의 마음을
가난한 마음이 되게 할 수 있을 때가 아니면
아아, 읊어서는 안 된다.

봉황부(鳳凰賦)

불의 혀 같은
몇 점 구름만을 거느리고
우유빛 엷게 풀린
초자연의 하늘을
빛 가듯
비상하는
한 쌍 봉황(鳳凰)아.

봉(鳳) 한 마리의 꼬리를 좇는
황(凰) 한 마리의 꼬리엔
그 봉(鳳)의 목이 이미 돌아와 닿아 있어
구천의 봉우리를 그득그득 채우는 것은
너희들의 타는 무궁동(無窮動).
암수 사랑의
원심(遠心)과 구심(求心).

불사조란들
목이야 타리.
사랑할수록 그리움도 탄다.
가도 가도
가도 가도
물 한 방울 없는
그 가열한 무한(無限)을

꿈 흐르듯
비상하는
아아, 한 쌍 봉황(鳳凰)아.

비상만을 위한 영원한 비상.
좇고 쫓기며
목숨 그것을 불태우는 <표현> 이외엔
부스러기 일이라곤 없는 목숨의 으뜸.

가사(可死)의 나의 귀론 들을 수 없는
길게 뽑는 너희들의 오음(五音) 울음엔
무슨 슬기
무슨 한(恨)
무슨 서기(瑞氣)가 서려 있느냐.

날짐승 길짐승의
마리수만큼이나 숱한 전신(轉身)의
마지막 것을 마저 벗어버린 너희들엔
다시는 전신(轉身)이란 없다.

생각만으로도
뼈 으스러지는
그 무서운

영원한 영원한
영원한 영원한
초자연의 하늘을
배겨
타는 영혼 흐르듯
비상하는
한 쌍 봉황아.

내 나의 시간의 봉우리에서

내 어느 날 나의 시간의 봉우리에서
영묘한 악기되어 울리고 들었다.

몸은 숨어 우는 벌레. 허나 감은 눈 안에
트이는 황혼의 나라. 해도 달도 별도 무심히 졸고.

태고의 동굴처럼 뚫린 귀에
드나드는 바람소리. 바위 부스러지는 소리.

알맞게 익은 죄와 늙음이 타는 내음이
난초처럼 시름을 썼고.

울어라, 먼 곳에서 먼 곳으로 가는 팽팽한 실.
울려라, 땅과 꿈을 잇는 대롱.

이 봉우리에 한 번 올라
저 아래 까마득히 이는 구름,

또 그 아래 아득히 물 흐르는 골짜기를 굽어보며
삶의 숲과 죽음의 북극을 달래며,

아아, 이름할 수도 없이 예쁜 기쁨과
슬픔을 타며 내 빌 듯 울리고 들었다.

줄타기 곡예사

휘청휘청 끊길 듯 팽팽한 줄에
고스란히 스며들어 정신은 소멸하고
그 위에 수직으로 세워진 신경이
칼날 같은 안식처를 찾아서 찾아서 떨고
그 명령을 받아 역시 미시적(微視的)으로 떨리는
한 걸음 한 걸음이
태(胎)에서 무덤까지의 도정(道程)처럼 멀구나.
그러면서도 그것은 긴 절규처럼 일순이다.
그런 속에서 곡예사는 웃는다.
밑에서 장단꾼이 업! 하면 업! 하고
여! 하면 여! 하고 화답하긴 하지만
그러나 곡예사는 외롭구나.
풍랑 속의 쪽배처럼 외롭구나.
줄을 뒤로 뒤로 흘려보내는
곡예사는 시시각각 꺼꾸러지지 않고
곡예사는 시시각각 기적이구나.
이때에 줄이 탁 끊어지지 않는다는 우연의 정체를,
갑자기 발에 쥐가 나지 않는다는 우연의 정체를,
질풍이 난데없이 휘몰아치지 않는다는 우연의 정체를,
이 모든 정체를 곡예사는 모른다.
능동의 고비를 넘어
순수한 피동 속에 내맡긴 곡예사는
이 깊은 낭떠러지 위에서

그처럼 신기하게 안전하구나.

곡예사여. 곡예사여.
이윽고 목숨의 유희를 마치고
갈채 속에 무대 뒤로 사라지는 곡예사여.
이제 그대를 기다리고 있는 것은
그대의 수고를 치하하는 이들의 따뜻한 품 안이냐?
아니면 그런 것이 오히려 번거로워
화장도구(化粧道具)와 못난이역 의상 따위가 황량
하게 널려 있는
어느 구석 삐걱이는 의자 위에
아아, 하고 쓰러지며 부르는
쓰디쓴 망각이냐?

붕어와 오뇌

나는 앙리 루소의 이파리가 하늘거리는
소수족관(小水族館) 속에 느릿느릿
들어갔다 나왔다 하고 있었다.
들어가선 나도 예쁜 괴어(怪魚)가 되어
무지개도 뿌려 보고
보글거리는 바람방울도 마셔 보고
이파리에 친구(親口)도 해보고 하며
저승에서처럼 유영(游泳)했다.
나와서는
음악하는 근육으로 시간과 일여(一如)되어
삶을 구가(謳歌)하는 이 <오후의 精靈>들을
넋 놓고 바라봤다.
나는 차츰
나의 살덩이의 무게도 잃고,
뼈의 오뇌도 잊고,
영원 속에 멀리 스민 내 존재의 뿌리를
온몸의 촉수(觸手)로 꽤 깊이 파내려가고 있었다.
이때 또 난데없이
핏덩이 같은 바다 위에
무거운 십자가를 짊어메고 서 있는
짙은 쑥색 바이올린공(工) STRADIVARI의 환각을 보았다.
나의 머리의 골짜기엔 서너 군데
은종이 같은 얇은 두통이 도로로 말려 있었다.

자화상

날이 밝아 지구라는 곳.
풀숲에 이슬방울.
이런 뼈대에 살붙이에
혈액형은 O형.
얼굴의 지세학(地勢學)에 강진(強震)이 일어
두 호수(湖水) 사이에
예언의 균열(龜裂)이 팬다.
번뇌와 황홀이 남매 같고
기억과 욕망이 서로 도우며
풍향계를 읽는다.

우중장미음(雨中薔薇吟)

지금이 삶의
봉우리인 장미여
네게 내리는 것이
어이 햇살 아닌 빗살인가

너무 짙은 핏빛이라
불타 버릴까봐
비가 너를
식히고 있는 것일까

젖으며 서늘히 타는 장미여
그래서 더욱 부신 장미여
너무 빼어나
운명이 너를 붙든 것일까

피의 위엄으로
천연한 장미여
빗속에서 봉우리가
가는 장미여

삼경우록(三更雨錄)

천애(天涯)의 고아 같은 비가 내린다.
펜을 달리며
문득 무서운 생각이 든다.
이런 때는 손에 익은 정신(精神)의 체조(體操)를 해서
그 무서움의 옆 모습을 본다.

날이 밝아 일터에 가면
별로 말 없이
할 일이나 해야겠다고 마음먹는다.
갈수록 높아지는 오솔길 같은 탑(塔).
와르르 무니어 버릴 수도 없을 바엔
돌 하나라도 조심조심 주워 올릴 수밖엔 없다.

아아, 무명(無明)이기에
어떤 때는 평화롭고
어떤 때는 암담하다고 하면
무심한 시간이 웃을 것이다.
허나 나는 이렇게 출렁이며
나의 완결(完結)을 향해 흘러간다.

일순(一瞬) 또 뭣인가 크나큰 것이
마음을 스친다.
초월해 있는.

그러자 무서움이 슬그머니 멀어진다.
정신의 체조가 심호흡을 한다.
다시 삼경(三更)의 고요를 가늘게 찢으며
펜이 달려준다.
비를 타고 내려오는 하늘의 한숨이
펜 끝에 번진다.

환상록

어느 날 나는
현기증이 띄우는 배를 타고
이상스런 좌표의 바다를 항해해서
나를 다시 찾아보았다.
망망대해에
외로운 섬으로 떠 있는 것이 나였다.
때없이 바람이 불고
나쁜 풀이 우거져서
나는 나를 거의 분간할 수 없을 지경이었다.
한땐 여리고 싱싱했던
오관(五官)도 이젠 고목(古木)이 되어
뚝뚝 부러져 나가고 있었다.
삶의 추상의 덩굴도
꽤 단화(單化)돼 있었다.
기울어가는 제단(祭壇)엔 그러나
촛불이 아직 켜져 있었다.
나는 먼지에 묻혀 있는
나의 예언서(豫言書)를 펼쳐 보았다.

불은 불, 물은 물
두 혀를 휘두르지 말라
일제(日帝) 때를 생각하라
물가지수(物價指數)와 청빈(淸貧)

삼원색(三原色)을 피하라
티끌의 구실을 알라

나는 예언서(豫言書)의 빈 구석에
다시 이곳을 찾으리라
고 써넣었다.
나는 나의 외세(外界)를 둘러보았다.
먼 바다 위엔
나와 비슷한 섬들이 모여
큰 성운(星雲)을 이룩하고 있었다.
나에겐 아무런 느낌도 없었고
감상(感傷) 따윈 더욱 없었다.
나는 이상스런 좌표의 바다를 항해해서
매연의 숲으로
나를 다시 떠났다.

시작법(詩作法)

미국산(美國産) 고기, 마늘, 토마토 쥬스
한국(韓國)에서 가지고 온 고춧가루, 인삼환약
따위가 마구 유기질 불을 땐다.
두 개의 불 저장고에
불의 진액이 찰름 고인다.
나는 절대 이 진액을 쏟지 않는다.
정신 통일과 명상으로 이 진액을
등뼈의 대롱을 통해 위로 퍼올린다.
뇌수의 봉우리에 고인 호수가
무섭게 퍼래지고 하늘이 코발트색으로 갠다.
여기에서 별똥별과 물과 불이, 기쁨과 슬픔이
서로 얽혀 연애하며 창조한다.
꿈의 말이 말굽 소리 없이 달린다.
뉴욕의 지하철(地下鐵)이 이미 분해되어
예쁜 암수 나사다.
늙은 기억, 어린 기억, 썩은 기억, 빛나는 기억들이
원소로 돌아갔다 다시 엉겨
무지개를 방사(放射)하는 구슬이 된다.
나는 그것을
창세기 이래 시인 중의 시인인
예수 그리스도의 턱수염에 비빈다.
그러면 그 속에 목숨의 영액(靈液)이 스미고
숨이 통한다.

나는 그것을 시간 속에 던진다.

마당에 뒹구는 쇠의 오브제

이슬 먹어 깊숙한 빛깔로
다시 돌아온 마당에 내린다.
꽃도 좋고 나무도 좋지만
나는 빨리어 들 듯
마당에 뒹구는 쇠덩어리 오브제로 향한다.
그리곤 이보다 더 친한 벗이 있을까 하고 생각한다.

구멍 뚫린 오브제.
구불구불 굽은 오브제.
녹이 슨 오브제.
강철의 오브제.

이 강철의 오브제가 그렇게 좋다.
아무것이나 하나 잡아서 들어 보면
그 무게가 협화음 울리듯 나의 근육에 스민다.
촉촉히 젖은 이슬의 감촉이 또 좋다.

굴려 본다.
강아지 모양이 되기도 하고,
동굴 모양이 되기도 하고,
성기(性器) 모양이 되기도 하고,
무기 같기도 하고,
그래서 그대로 위대한 실패이기도 하고,

그대로 또 우스꽝스런 완성이기도 하다.

오브제여.
오브제여.
강철의 오브제여.
너와 나와 그렇게 친한 까닭은?

겉으론 흉하게 녹이 슬어 있어도
조금만 갈면 네겐 칼날처럼 빛나는
피부가 드러난다.

네겐 나에게 없는 겸양이 있다.
나에게 없는 인내가 있다.
나에게 없는 무심이 있다.
나에겐 있는 허영이 없다.
너의 정신은
내가 갖고 싶은 정신의 전형(典型)이다.

너와 나는 각기 하나씩의 극과 극이다.
지금 그 극과 극이
친하게 불꽃을 튕기고 있다.

꽃은 차라리 나의 육체와 같은 운명이다.

나무도 나와 같은 운명이다.
허나 너는 나와는 다른
피안의 질서에서 살고 있다.

너를 어루만지면
시린 감촉이지만
뭐라 말할 수 없는 따뜻함이 있다.
그것이 너의 본질이기도 하다.
웃음처럼은,
거품처럼은,
꺼지지 않는 너의 본질이기도 하다.

아아, 아침에 내 넋을 앗아가는
마당에 뒹구는 강철의 오브제여.
친한 벗이여.
덕 있는 희극배우여.

내 가슴은 피리

아뿔싸
피리 한 자루
가슴에 묻었음이여

천길도 넘는
샘에서처럼
피맺힌 소리
으르렁 울릴 때마다
목숨의 방울이 날아갑니다

두렵고 어험하여
썩 뽑아서
팽개쳐 버리고저
허나 숨결과
더불어 점지받은
액땜인지라

염원하노니
그 소리 갈고 가다듬어
마침내
하늘에서처럼
아슬하려나

※

방울이 말라
피리 한 자루
그 소리를 다하는 즈음

한 줄의 시구

가난한 가슴에 무한한 빛이 되는
한 줄의 시구를 위해서라면
내 목숨이라도 기꺼이 바치겠다.

열 번이라도 바치겠다.
허나 그것은 터무니없는 바람이다.
평생을 두고 씻어도 못 다 씻을
부정으로 이미 얼룩진 나의 목숨 따위
백이 쌓여도 가난한 가슴에 무한한 빛이 되는
글자 한 획
얻을 수 있을까 싶지 않기 때문이다.

그러나 지금도
아침에 도를 깨달으면
저녁에 죽어도 그만이라고 한 공자의 말씀엔
가슴이 설레인다.
나는 도가 아니라
한 줄의 시구에 목숨을 거는 것이
그나마 내 푼수에 맞는 꿈이란 것을 안다.

그 꿈을 위해서라면
천사의 도움이건
악마의 채찍이건 가리지를 않겠다.

영원한 그 무엇이
쏙 뽑혀 결정(結晶)되어
가난한 가슴에 무한한 빛이 되는
한 줄의 시구를 위해서라면,

한숨과
뼈 속의 오뇌는 고사하고
내 목숨이라도 기꺼이 바치겠다.

제 4 부

미래어

(호머가 괴테의 시를 볼 수 없듯이
괴테는 나의 시를 볼 수 없다.
이와 같이 시간은 본질적으로 미래를 향하고 있으며
이 점에 관한 한 이것은 한 진리이다.)

나는 이렇게
미래어로 시를 쓴다.
랄랄랄 롤롤롤.
언령(言靈)의 메아리.
미래의 애시가(愛詩家)의 사랑에
나의 꽃불을 켜기 위해
이렇게 미래어로 시를 쓴다.
우우우우우 ᅀᅡᅀᅡᅀᅡᅀᅡᅀᅡ.

나 자신
미래에 내던져진 알몸.
이 알몸을 읽어줄
유일한 나의 독자
미래의 독자여.
아아, 외로운 밤 별을 보며
나처럼 청춘을 크게 허비하고
더욱 깊은 슬픔에 잠겨 더욱 말이 없어져
그리하여 나와는 달리

더욱 지혜로운 경지에 다다른
아름다운 미래의 영혼을 위해서
나는 이렇게 미래어로 편지를 띄운다.
붕붕붕 붕붕 붕붕붕붕붕.
미래의 예쁜 물고기
나의 그물에 걸려들 미래의 벗을 위해서
나는 이렇게 미래어로 시를 쓴다.
1 1 1 2 1 3 1 4 1 5 1 6 1 7 1 8 1 9 0 0 0.
미래를 넘어
둥글게 뚫고 돌아 과거에도 닿는
세상 영원.
이것이 내 식이다.
나는 그렇게
미래를 뚫어
내가 사랑하는 과거의 명인들을
만나기 위해
미래어로 시를 쓴다.
하하허혀호효후휴흐히.

오로라

"태양에서 불어오는 하전입자가
지구의 대기라는 방어망에 부딪혀
튕겨나가 생기는 빛의 예술이
오로라다."
이 무슨 시(詩)인고! 할 사이도 없이
텔레비전의 우주화면에 나타난
오로라는
넋을 잃을 정도로 웅장하고 유현한 무늬였다.
빛깔의 주조는 초록이었다.
나는 웬지 절망을 이웃한 느낌마저 들어
'황홀한 초록빛'
하고 중얼거려봤다.

우리는 일상에서 저런 형상을 볼 수는 없다.
무슨 구름도 저렇지는 않고
무슨 불꽃도 저렇지는 않다.
차라리 한 맺힌 넋두리
유령의 춤이라고나 할까.
무슨 한 무슨 유령의?
오르훼우스와 에우리디케의?
그러나 분명 저것들을 어딘가에서
많이 보아왔다는 생각이 머리에 스치자
이 묘연한 기억의 미로에서

나는 더욱 짙은 곤혹스러움에 빠져들었다.
나는 슬며시 눈을 감았다.

그러자 저 형상들이 선명하게 나타났다.
어스름이 끝도 없이 퍼지는 마음 안 하늘
망막(網膜) 우주에.
역시 초록이 주조였다.
별이 유난히 빛나는 밤, 잠 안 오는 밤에
정신이 이상하게 맑게 개어 눈감고 응시할 때
천변만화하며 이어지는 무늬.
칸딘스키, 바 렐리, 볼스 계열의 무늬.
나는 지금까지 그것들에게
이름을 붙인 적이 없었다.
오늘 알고 보니 그 이름이
오로라였다.

눈을 떠도 오로라는
텔레비전의 화면에 그대로 이어져 나갔다.
실은 저것들은 유령이니 넋두리니 하는 따위와는 거리가 먼
엄정 정밀한 자연현상이었다.
이온이니 전자밀도니 스펙트럼이니 하는
해설 용어만 봐도 알 수 있는 일이었다.
그러나 저 오로라가

지구 자기를 따라 크게 두 갈래로 갈라져
남극의 높은 하늘과
북극의 높은 하늘에서
동시에 펼쳐지는 쌍무(雙舞)라 하는 대목에 이르러서는
더없이 웅혼한 우주의 시였다.

태양과 지구의 신비한 속삭임이었다.
우주 영혼의 너훌거림이었다.
오로라는 국적이 없었다.
나는 오로라에서
내가 지금까지 자나 깨나 찾아 헤맨
나의 <우주율>의 전형을 보았다.
저 멋 저 흐름을 나의 예술에 엮어넣기 위해서는
나의 남은 영원한 정열을
마저 불태울 수밖엔 없는 일이었다.
이때 나의 마음 안에서
저 오로라 같은 황홀한 고뇌가
피어올랐다.

공시적 문자(共時的 文字)

지금은 인정의 꽃밭이 덕담도 위로도 해주고
유행의 물결이 격려도 해주지만
시간의 낫은 무정하다.
그런 것들의 목을
다 잘라 버린다.
지나면 다 사막이다.
햇빛이 선인장 가시보다
더 따갑다.
목말라도 물이 없다.
인정이고 술잔이고 훈장이고
다 풍장을 당한 뒤다.
그때부터다.
시들지 않는 문자.
홍옥처럼 빛나는 문자.
미리 여러 번 죽어
더는 죽을 수가 없는 문자.
불사조 문자.
그 문자가 사막의 오아시스다.
공시적 문자.

설교

내가 물권(物權)을 옹호하니,
과연 물질만능시대로고! 하고
빈정대지는 말라.
사람을 사랑하지 않는 사람이
물질을 사랑할 줄 알 리가 없다.
바위.
좋다.
산.
좋다.
바위도 산도 물질 아닌가.
그 좋은 자연도 물질 아닌가.
우리의 육신처럼.
모든 것이 다 형제.
물질을 사랑하는 사람은
검소한 생활을 하게 된다.
나무 토막 하나에게도
감사하게 된다.
알뜰히 규모 있게
같은 것을 그야말로
다 닳아 없어질 때까지
쓰고 또 쓰고 쓰고 또 쓴다.
주머니 칼 하나를 평생을 두고 쓴다.
밥풀 한 톨.

아아, 귀하다.
물질에 대한 학대는
탐욕과 허영에서 나온다.
돈벌이가 안 되면
버린다.
좋으면 좋을수록
돈으로만 보인다.
허영심에 안 차면
마구 버린다.
왜 멀쩡한 물건을
저렇게 거리에 마구 버리는가.
그대가 그렇게 잘났는가.
그대가 모래알 한 톨
유리 조각 하나를 만들어 낼 수 있는가.
쓸모 없다고
유행이 지났다고
물질을 짓밟는
아아, 추악한 탐욕과 허영.
그런 길로 가면
망하는 수밖엔 없다.
만약에 이 세대가
돌이킬 수 없는 지경에 이르러
멸망하게 된다면

그때 생각하라,
원인은 물질을
진정으로 사랑할 줄 몰랐기 때문이라고.
그대의 잔혹에
보이지 않는 물질의 복수의 손이
되돌아온 때문이라고.
사람 사랑하듯
물질도 아끼고 사랑하며
검소하게 사는 일.
이것이 사는 길이다.

물권말살시대

물권말살시대다.
물권말살도
정신말살에 못지않은 죄다.
잔혹이다.
물질에도 물질의 얼이 있다.
물질의 희비가 있다.
최대한의 기능으로 일을 해 온 것을
일이 끝났다고 버려 무참히 짓밟으면
말없이 참긴 하겠지만
물질은 슬프다.
버림받은 콜라 통.
버림받은 종이 컵.
양은의 위엄이 간 곳 없고
(양은은 그런대로 귀족 아닌가)
종이의 품위가 간 곳 없고
(종이는 선비 아닌가)
처참하게 쭈그러져 흙투성이다.
칠성사이다의 '칠성'자가 찌그러져서
마치 안토니 카로의 조각처럼 보인다.
짓눌려서 더 넓적해지긴 했지만,
콜라통아,
너의 공간은 어디 갔느냐.
너의 숨통은 어디 갔느냐.

입체를 평면으로 가압(加壓)하는 것은
최악의 군정(軍政)이다.
로메로 주교를 죽인.
파쇼다.
공산독재다.
양은 콜라 통아
종이 컵아.
너희들은 너희들로 돌아가라.
컵은 종이로.
통은 양은으로.
그 순간 너희들은 빛나기 시작한다.
행복한 표정으로 곱게 웃으며.
너희들은 다만 소재(素材)로 돌아가라.
소재는 신성하다.
철학가가 좋아하는 너희들 자신으로.

물권시(物權詩)

<물권>이란 말이 사전에 있는지 몰라.
호기심이 나서 한번 찾아보니
야아, 있기는 있는데, 이건 너무 했다.

물권: 재산권의 하나.
　　　특정한 물건을 직접으로 지배하는 배타적 권리.
　　　즉 사람의 행위를 개입시키지 않고
　　　물건에 관한 이익을 누릴 수 있는 권리.

이렇게 정의를 내려놓고 나서 그 예로,
소유권, 지상권, 영소작권(永小作權),
지역권, 유치권, 선취득권,
질권, 저당권, 전세권, 광업권, 어업권,
따위를 열거하고 있으니 이 '물권'은
내가 생각하는 <물권>과는
정반대의 개념일 뿐만 아니라
결국 인간의 끝없는 탐욕을 옹호하는 권리를
말하고 있을 뿐이다.
인간 의식의 경직이 이 지경에 이르렀으니
산업공해가 안 올 리가 없다.

전에 어떤 책에서
영원한 기성(棋聖)인 오청원(吳淸源) 9단이

바둑돌의 권리를 <석권(石權)>이라 했던 일이
생각난다.
물권이건 석권이건
목권(木權)이건 지권(地權)이건
산권(山權)이건 수권(水權)이건
금속권이건 화권(火權)이건 대기권이건
또는 무슨 권이건 간에
탐욕을 버리고
마음이 가난해져야
세상의 평화가 오리라는 것은
자명한 일이다.

놀라운 사실이 있다.
우리의 육신의 자양이 되는 것은
공기, 물, 소금 등 몇 가지를 제외하곤
모두가 생명체이다.
물고기나 짐승들은 말할 것도 없고
쌀, 보리, 밀, 팥, 콩, 무, 배추, 깨, 온갖 과일,
뭣하나 생명체 아닌 것이 없다.
어떤 목숨이 죽어야 우리가 산다.
딴 생명의 희생으로 생명이 이어진다.
눈물로 보답은 못할 망정.
지구는 우리의 유일한 집.

온 우주에서 제일 아름다운 집.
원래는
수정같이 맑고 시원한 물 흐르는
젖과 꿀 흐르는
곰삭은 새우젓 국물도 흐르는
송이버섯 향기 이는
지구.
지금은
피부도 내장도 썩어들어가
빈사상태에 임한
지구.

새 정의를 내려야 한다.

물권: 물질도 스스로의 영묘한 얼개와 내용을
　　　인간처럼 주장할 수 있는 권리.
　　　더 나아가 사랑을 받을 수 있는 권리.

부칙: 1.<물권>을 존중하는 자는
　　　　번영과 평화를 누린다.
　　　2.<물권>을 유린하는 자는
　　　　필히 망한다.

사리

마침내 이 구슬들.
목숨이 빛이 되어 영겁을 쉬누나.
살에 이는 돌도 가지가지.
삶이 오욕(五欲)에 머슴살면
담에건 콩팥에건 썩은 돌이 고여
사지가 뒤틀리는 지옥에 울건만.
허나 이 구슬들은
오히려 고행을 악기처럼 타며 부채질한
일념의 불에서 태어났다.
여겨보니 어른거리는 오색의 신비.
피빛 살 생각과 누른 시름이
그토록 뿌리 뽑혔음인가.
거무틱틱한 목숨의 응달이
그토록 가위눌렸음인가.
푸른 고독이 그처럼 심령(心靈)을 비쳤음인가.
달무리 입은 덕이 골수마다 찰름 고여
삼계를 넘나들며 영글어 갔었구나.
청정(淸淨)한 목숨의 궁극의 화신.
말 없는 설법.
그런 도가니는 있다.
무량한 한 목숨이 그렇게 타면
구슬로 응혈(凝血)되는 그 도가니.
초자연의 봉우리에서 내려다보면

그렇게 단순한 이 현실.
아아, 딱한 나의 헤아림.
내 눈 앞의 삼십사과(顆)[1]의 사리여.

1) 효봉선사에게서 나온 사리가 삼십사과이다.

나의 그것에게

이번엔 네가
아주 풀이 죽어
아예 딴생각을 않는구나.
마귀가 와서 장난을 못하게시리.
그래, 잘하는 일이다.
너도 이젠 좀 철이 든 모양이다.

네가 진작 그래 줬더라면
오죽 좋았겠느냐.
너의 10대 20대에 말이다.
그땐 너는 미친 것처럼 기운이 뻗쳐
노상 <사리>여서
밤낮없이 마귀의 놀이터였다.
그래서 동서남북이
모두 폐허였었다.

그러던 네가
이젠 무슨 생각으로
아주 노상 <조금>이니,
그래 고마운 일이다.
네가 그렇게 착하게 구니
얼마나 조용하고 좋으냐.
나도 이젠 마음 놓고

성경책을 봐야겠다.

막(膜)

빛이 어둠을 압박한다.
이것이 삼투압이다.

삼투압이 있는 곳에
막이 있다.

이 막에 의해서
목숨의 진미(珍味)는 들어오고
목숨의 찌꺼기는 나간다.
이 막은 살아서
바닷물처럼 출렁인다.

이 막은
스스로 기(氣)의 샘이기도 하다.

노른자위와 흰자위 사이의
막.
서리서리 서리는
태극.

이 막이 있는 곳에
풍요는 분배되고
기근은 구제된다.

이 막으로 해서
두 고을은 한 고을로 이어지며
한 고을은 두 고을로 구별된다.
이렇듯 이 막은
신비스런 경계선이다.

그 근처에는 늘
개똥벌레가 날고 있다.

하늘과 땅 사이에도
이러한 막이 있다.

삶과 죽음 사이에도.

짖궂은 이와 착한 이 사이에도.

이 막이
나의 모든 언행을 거른다.

한 편엔 사리.
한 편엔 신장결석(腎臟結石).
오묘한 하늘의 그물.
막.

예수님은 시인

예수님.
당신은 진실로 시인 중 시인이십니다.
시인의 위대한 할아버지로
세인은 흔히 호머를 꼽습니다만
당신은 바로 호머의 아버지이십니다.
시의 핵심이 은유에 있다면
당신의 신묘한 은유를 능가할
은유가 세상에 없습니다.
시의 핵심이 정열에 있다면
당신의 그 거룩한 불을 따를
불이 세상에 없습니다.
시의 핵심이 아름다움에 있다면
들에 핀 백합과도 같은 당신의 시구의
소박하고 꾸밈없는 아름다움과 견줄 만한
아름다움이 세상에 없습니다.
시가 생명력의 맺힘이라면
감동의 덩어리라면
진실과 진리의 그릇이라면
당신 말씀의 생명력과
감동과 진실과 진리 앞에선
모두가 그것을 한번 닮아 보려고
애쓸 뿐입니다.
시가 상징의 숲이라면

당신의 상징의 숲에 묻히지 않을
상징의 숲이 없습니다.
예수님.
당신은 늘 고독하셨고 늘 슬프셨습니다.
갖가지의 감회가 늘 바람처럼
파도처럼 설레었습니다.
예수님.
당신이 모든 시인의 으뜸이시라는 생각이
왜 이렇게 기쁜지 모르겠습니다.
당신이 짊어지신 십자가가 너무도 무겁고 커서
흔히 그 일만을 생각하기 쉽습니다만
예수님
당신은 진실로 시인 중 시인이십니다.

예쁘고 단단한 마디를 위해서

1. 땀을 위해서

땀을 위해서 생각을 한다.
땀은 물과 소금과 정성의 결합이니
물도 좋은 것이고 소금도 좋은 것이다.
좋은 것과 좋은 것을 결합시키는 것이 정성이니
구리빛 피부에
콧잔등이에
땀이 비오듯 흐르네.
이미 눈물만으로는 감당할 수가 없어
의지로
눈물을 땀으로 바꾸었네.
아아. 일생을 두고
얼마나 흘린 땀일까.
순간 순간을 일생처럼 넘으며
흘린 땀.

2. 피를 위해서

피를 위해서 생각을 한다.
피땀이라 하였으니
땀은 노상 흘릴 수 있지만

피를 비오듯 흘리는 일은
누구도 한 번 이상을 넘을 수 없네.
피는 물과 소금과 기름과 얼의 결합이니
그래서 피는 끈끈하구나.
기름의 집념이 길 듯
피의 한이 만대에 흐르누나.
피의 접착제로
이어지고 붙지 않는 것이란 없다.
한 번 흘린 피로
하늘과 땅이 이어졌구나.

3. 말을 위해서

말을 위해서 생각을 한다.
바람과 침과 소리의 파동.
영혼의 모습이 그러하구나.
그 마디마디의 뿌리가 깊고 멀구나.
품사가 용해되어
다시 엉긴 말 한마디.
내
땀도 피도 물리치지 않듯
개념도 관념도 또한 감각도 물리치지 않으련다.

오라.

돌아. 연기야.

다들 오라.

내 살 안으로.

내 피 안으로.

내 뼈 안으로.

내 영혼 안으로.

쾌감도 오고

가려움도 오고

아픔도 오고

무감각도 오라.

와서 단단한 마디 되어라.

4. 예쁘고 단단한 마디를 위해서

예쁘고 단단한 마디를 위해서 생각을 한다.

아무것도 아니라고 하지를 말자.

아무것도 없다고 하지를 말자.

예쁘고 단단한 마디 하나가 있다.

살 속 핏 속 신경 속

뼛 속 마음 속 영혼 속에

사리로 박혀 있는 마디 하나가 있다.

그 마디는
음절의 마디이기도 하고
나무의 마디이기도 하고
쇠의 마디이기도 하고
땀의 마디이기도 하고
살의 마디이기도 하고
뼈의 마디이기도 하고
피의 마디이기도 하고
세상의 마디이기도 하고
있음의 마디이기도 하다.
어디에나 있는 마디이기도 하고
늘 한가운데에 있는 마디이기도 하다.
의로운 마디.
순교의 마디.
사랑의 마디.
예쁘고 단단한 마디를 위해서.
예쁘고 단단한 마디를 위해서.

사십대의 잠언(四十代의 箴言)

외경없이 영원을 말하지 말라.
혼인식은 신부의 날.
탄생과 영결식 사이
황홀한 은방울 금방울 소리.
돌을 보고 돌 속에 갇힌 죤 키이쓰.
당구공 보고 당구공이 된 죤 키이쓰.
속기(俗氣)로 살이 찐다. 졸기만 하는 영성(靈性).
정기는 미를 부르고 피로는 추(醜)를 부른다.
중풍장이 모양 몸을 떨며
피땀으로 빚은 것 이외에는
자기의 분신으로 알아선 안 된다.
그 여자의 목소리엔 언제나 귀뚜라미의 추상(抽象)과
현금 몇 푼이 매달려 있다.
정력은 시간을 오무리는 산호 입술.
노력은 시간을 늘리는 힘줄.
영아(嬰兒)의 첫 발성(發聲)만큼
성스러운 시(詩)는 없다.
감정이입(感情移入)은 해방적 배설(解放的 排泄).
추상(抽象)은 결박적 봉헌(結縛的 奉獻).
고목에 새싹 같은 대구(對句).
치질이 도진 궁둥이가 맷돌처럼 무겁다.
돈이 고이면 쓰고 마르면 명상한다.
흘러간 유성(流星)도 멸한 것이 아니다.

영육일치(靈肉一致)를 알려면 전문가가 되지 말라.
남산의 송신탑을 보고 서서히 움직이는 서정.
역사의 환상에 속고 울분하고
울분하고 또 속는다.
불은 꽃. 재는 슬기. 죽음은 열매.
그때 하지 못한 그 한마디가
망령(亡靈)되어 슬피 운다.
마음의 바다에선 차돌도 둥둥 뜬다.
시간은 연속이다. 지금도 늦지 않다.
오늘도 생일. 내일도 생일. 모레도 생일.
연습해야 젊어진다. 죽음의 연습도.
바늘 구멍 사이로 우주가 보인다.
돌 쪼는 끌 소리. 유화의 기름 냄새.
365일 하루하루가 계절이다.
단화(單化)하라. 중심(中心)에 놓으라. 지속하라.
삶의 예술은 신(神)만이 감상한다.
목숨이 움직일 때 기적이 인다.
구름에 구멍 뚫고 신비의 화살이 난다.
기억에 덮인 안개. 감각에 낀 이끼.
인광처럼 켜져 있는 죄의 흉터.
시간은 공간의 그릇. 영원은 시간의 그릇.
소용돌이 속에선 수정알을 들여다보라.
슈베르트의 즉흥곡에 천사도 한숨 쉰다.

여치 소리 듣고 날개 펴는 영혼.

무심의 묘경(妙境)인가. 호수에 달빛 비늘.

보인다. 지천명(知天命) 고개.

시, 시간, 우주율의 깊이

이 승 하
(시인, 중앙대 교수)

성찬경 시인의 연세를 헤아려본다. 1930년생이시니 2000년을 맞이하면서 어느덧 고희(古稀)라는 인생의 높은 고비를 넘어서신다. 이번에 내는 시선집에는 생애 70년과 시력 45년을 한 권의 책자로 기념한다는 의미 외에도, 성균관대학교 사회교육원 시 창작교실 수강생들이 보은의 뜻을 모아 스승의 시를 선별·정리하고 책으로 묶어 증정하는 아름다운 사연이 깃들어 있다. 사제지간의 정이 예전 같지 않은 각박한 세태에서 이 시선집의 의의는 참으로 소중하다고 아니할 수 없다. 이러한 따뜻한 정이 담긴 책자의 해설을 쓰게 된 것, 크나큰 영광인 동시에 소중한 인연으로 생각하면서 성찬경 시인이 45년 동안 써오신 작품 중 제자들이 뽑은 대표작을 다시 읽는다.

나는 1992년에 월간 『현대시학』지에 6개월에 걸쳐 70년대 시사를 정리하면서 성찬경 시인에 대해 다음과 같이 짧게 정리한 바 있다.

성찬경의 시집이 펼쳐 보여준 스펙트럼에서 하나의 색깔만 뽑아서 언급한다. 한 편의 시에서 그 색깔의 다양함에 경악하게 되는 아래의 경우.(——「公害時代와 詩人」 부분 인용)

『時間吟』의 주조음과는 거리가 있는 시를 예로 들기는 했지만 70년대를 살아간 시인이 이보다 더 우렁찬 예언자적 목소리를 뿜어 올린 적이 있었던가. 이것은 공해문제에 대해 독자 제위의 경각심을 촉구한 문명비판의 시인 동시에, 선지자임을 포기한 시인에 대한 준엄한 꾸짖음이기도 했으며, 또한 시인이 이 시대에 무엇을 할 수 있을 것인가에 대한 뼈아픈 자문이기도 했다. 다음과 같은 시는 긴장감이 49행이 끝날 때까지 지속되는, 정신의 집중력을 잘 보여주고 있다.

(——「四十代의 箴言」 부분 인용)

　성찬경은 당시 40대의 연륜이었지만 도를 통한 사람으로서 70년대를 굽어보았는데, 이것은 타인의 안경을 빌려쓰지 않은, 오로지 자신의 시선이었다. 산업화의 물결이 생활 전반을 뒤흔들고 거대한 소용돌이를 일으켜도 요동하지 않고 자신의 목소리, 자신의 시선을 지킨 시인으로 성찬경을 기록해둘 필요가 있다.

　80년대에 들어 많은 시인이 공해문제에 관심을 갖고서 시의 소재로 물질문명과 생태환경을, 주제로는 전자의 해악과 후자의 파괴 현상을 다루었다. 하지만 이 문제에 관한 한 성찬경이 단연 선구자였던 것이, 「公害時代와 詩人」이 발표된 시점이 1974년 3월이었기 때문이다. 그의 '우렁찬 예언자적 목소리'에 귀를 기울이지 않은 70년대의 평단에 대해 나는 불만감을 가졌었고, 그래서 짧게나마 시인의 작업에 대해 의미를 부여해본 셈이었다. 나의 평가는 그러했지만 성찬경을 공해문제에 천착해온 시인으로 규정해서는 안 된다. 인용문에서 말했듯 성찬경의 시집은 일종의 스펙트럼이다. 다양한 색깔, 다양한 비유, 다양한 상징, 다양한 주제……. 흡사 보석밭을 거니는 양, 눈이 부시다. 눈을 가늘게 뜨고서 보석의 색깔에 대해 이제부터 이야기를 해볼까 한다. 제한된 지면이어서 몇 가지만 간추려 언급할 수밖에 없는 것이 아쉽다.

　45년 동안 시를 써오면서 시인은 '시'라는 것에 대해 어떻게 생각하게 된 것일까. 사무사(思無邪)? 일상사? 정

신노동? 언어유희? 나는 성찬경 시인이 갖고 있는 시에
대한 개념이 그 무엇보다 궁금하다.

　너 네 심령(心靈)이 맑게 개고
　그 속에 하늘의 뜻이 비칠 때가 아니면
　읊어서는 안 된다.

　너의 심령이 눈을 부비며
　스스로의 육중(六重) 비밀(秘密) 투구를 뚫고
　그 속에서 엷은 웃음 짓는
　너의 먼 옛 모습을 찾을 때가 아니면.

　너 네 심령이 활활 타서
　뼈의 오뇌(懊惱)와 피의 행복을
　꽃 별 밭 위에 구름처럼 띄울 수 있을 때가 아니면,
　그래서 이미 너의 심령(心靈)이 너의 것만일 수가 없어
　홀가분하게 나서 뭇 사람의 마음을
　가난한 마음이 되게 할 수 있을 때가 아니면
　아아, 읊어서는 안 된다.

　　　　　　　　　　　　　　　——「시에」 전문

　시인은 이날 이때껏 이런 마음으로 시를 써왔다고 고
백하고 있다. "뼈의 오뇌와 피의 행복을/ 꽃 별 밭 위에
구름처럼 띄울 수 있을 때"라는 난해한 표현이 보이긴
하지만 결국 내 마음에 '하늘의 뜻'이 담길 때, 뭇 사람의
마음을 '가난한 마음'이 되게 할 수 있을 때 시를 쓰겠다
고 다짐하고 있다. 다분히 종교적인 성찰의 의미를 지닌
이 시의 내용대로 시인은 기도를 대신하여 시를 써왔다고
볼 수 있다. 기도는 남이 엿들을 수 없는 '침묵'이며, 시는
남이 알아볼 수 있는 '발언'이기 때문일까.

　가난한 가슴에 무한한 빛이 되는
　한 줄의 시구를 위해서라면

내 목숨이라도 기꺼이 바치겠다.

——「한 줄의 시구」 제1연

누군가의 가난한 가슴에 무한한 빛이 되는 한 줄의 시구를 위해서라면 내 목숨이라도 기꺼이 바치겠다는 각오가 이 시를 완성시켰다. 하지만 시는 다름 아닌 나 자신을 구원하는 진리이다. 밤하늘의 별이 수천 년에 걸쳐 길 잃은 여행자를 인도해왔듯이 시는 내 마음을 인도해온 무한한 빛, 곧 별이다. 성찬경은 "창세기 이래 詩人 중의 詩人인/ 예수 그리스도"(「시작법」)로부터 시작법을 배웠다고 한다. 예수의 시작법은 과연 어떤 것이었을까.

시가 생명력의 맺힘이라면
감동의 덩어리라면
진실과 진리의 그릇이라면
당신 말씀의 생명력과
감동과 진실과 진리 앞에선
모두가 그것을 한번 닮아 보려고
애쓸 뿐입니다.

——「예수님은 시인」 부분

예수가 하신 말씀은 생명력이 있고 감동을 주며 진실과 진리이기 때문에 시일 수 있다고 한다. 즉 시는 모름지기 예수의 말씀과 같은 것이어야 한다는 신앙심이 성찬경의 영혼을 다년간 다스려온 것임을 알 수 있다. 성찬경에게 있어 시 쓰는 일은 일상사도 정신노동도 언어유희도 아니었다. 그에게 시는 때로 아무 거리낄 것 없는 청정한 마음으로 올리는 기도였고, 때로는 자기 모순에서 벗어나려는 처절한 고해였다. 그러므로 함부로 행하거나 말해질 수 있는 것이 아니었다. 심혈을 기울여 행하는 엄숙한 제전, 혹은 목숨을 바쳐 행하는 간절한 의례였다. 시선집을

제외한다면 45년 동안 발간한 시집이 겨우 여섯 권, 성찬경은 70평생 시를 별 삼아서 생의 미로를 헤쳐 나왔던 것이다.

시간에 대한 관심도 성찬경 시의 한 세계를 점하고 있는 것이라 여겨진다. 시간의 흐름 속에서 시인도 언젠가 소멸하고 말겠지만, 짙은 시간이 발화하여 새로운 생명이 눈뜨는 모습은 참 얼마나 경이로운가. 한 생명체가 숨을 거두는 그 시각, 다른 한 생명체가 태어나는 것은 만물의 법칙, 즉 순리인 것을. 생명의 존재 의의를 시간과 결부시켜 탐색해온 것도 지난 45년 동안 지속된 작업이었다.

> 하늘이 조금씩 쳐들리고 땅이 조금씩 떠밀리고 그 영묘(靈妙)한 구열(龜裂) 사이 얼마나 짙은 시간이 발화(發火)하고 있을까. 먼데서 날아온 빛이 먼데서 불어온 바람이 먼데서 흘러온 물이 너의 진액을 개고 있는 지금. 그리고 또 먼데서 안 보이는 손이…… 여리고 순수하고 가열한 네 앞에서 때묻은 나는 소멸하고 네가 지나는 나의 안구(眼球)도 너를 품은 나의 내부도 지금은 다만 맑은 빛 맑은 바람 맑은 물.
>
> ──「새싹 앞에서」 전문

새싹이 땅을 뚫고 나오는 경이로운 자연 현상 앞에서 시인은 "안 보이는 손"이 움직였음을 안다. 내 죽어 땅에 묻히면 식물의 뿌리는 나의 안구를 스쳐 지나리라. 소멸의 뜻을 잘 알기에 새싹을 품고 있는 나의 내부에서는 지금 맑은 빛과 바람과 물이 흐른다. 짙은 시간이 발화하는 동안 한 생명은 꽃을 피울 것이며 또 한 생명은 자연의 일부로 돌아갈 것이다. 그러니 삶이라는 것, 웃을 때 웃고 즐길 때 즐기며 살아야 한다고 시인은 내게 들려준다. 그는 영생을 믿는 종교인이지만 현세의 삶을 소홀히 해서는 안 된다고 역설하고 있는 것이다. 인생이란 덧없기 때문에 더욱 귀하고 신비스러운 것이리라.

> 웃을 때 웃고 즐길 때 즐기며.
> 어쩔 수 없이
> 고통의 제물을 많이 바치는 삶이
> 참으로 귀하다는 생각이 든다.
> 까닭은 역시 신비이리라.

―― 「삶」 부분

살아 있는 것치고 죽지 않는 것은 없으므로 시간은 신이 인간에게 알맞게 쓰라고 허락한 것이다. 피조물은 모두 신으로부터 일정한 시간을 부여받았기에 유한자이다. 그래서 시간의 무게는 곧 생명의 무게이다. 저마다 짧게 한정된 시간밖에 갖고 있지 않은 우리는 영속성을 지닌 해와 달과 별의 의미를 모르고 있다.

> 내 어느 날 나의 시간의 봉우리에서
> 영묘한 악기 되어 울리고 들었다.
>
> 몸은 숨어 우는 벌레. 허나 감은 눈 안에
> 트이는 황혼의 나라. 해도 달도 별도 무심히 졸고.
>
> 태고의 동굴처럼 뚫린 귀에
> 드나드는 바람소리. 바위 부스러지는 소리.

―― 「내 나의 시간의 봉우리에서」 부분

하지만 시인은 늘 첨단의 시간을, 촌각의 시간을 살고 싶어했다. 精神─到何事不成이라고, 모든 일에 집중해서 최선을 다하는 마음으로 살아간다면 나는 남들보다 많은 소리를 들을 수 있고, 많은 사물을 볼 수 있다. 시간을 허락한 이는 신일지라도 시간을 조율할 수 있는 이는 인간임을 그는 자각하고 있었던 것이리라. 시간을 조율하는 자 가운데서도 시인은 펜을 들고 완결을 향해 흘러가는

존재이다. 완결을 향해 흘러갈 뿐, 완결을 이루지는 못할
존재. 시를 씀으로써 완전해지고 싶지만 아무리 시를 써
도 완전해질 수 없는 존재. 그렇지만 완결을 꿈꾸었으므
로 붓을 꺾지 못하고 45년을 살아온 것이 아닐까. 나와
시간과의 거리는 나와 신과의 거리임에 틀림없으리라.

> 아아, 무명(無明)이기에
> 어떤 때는 평화롭고
> 어떤 때는 암담하다고 하면
> 무심한 시간이 웃을 것이다.
> 허나 나는 이렇게 출렁이며
> 나의 완결(完結)을 향해 흘러간다.
>
> …(중략)…
>
> 다시 삼경(三更)의 고요를 가늘게 찢으며
> 펜이 달려준다.
> 비를 타고 내려오는 하늘의 한숨이
> 펜 끝에 번진다.
>
> ──「삼경우록」 부분

시간에 대한 상념과는 거리가 있지만 「나의 그것에게」
는 젊음과 노년을 대비하고 있어 무척 흥미롭게 읽었다.
'그것'은 다른 말로 하면 '거시기', 즉 성기(penis)일 것이
다. 미친 것처럼 기운이 뻗쳐 예전에는 '사리'와 같았으나
이제는 노상 '조금'이고, 밤낮없는 마귀의 놀이터가 아니
어서 고마운 일이라고 한다. 정력제라면 물불을 안 가리
는 이 땅의 남정네들이 이 시를 읽는다면 고개를 갸웃거
릴 테지만 나는 여기서도 시간의 철학을 읽을 수 있다.
시간을 돌이키려 하다가는 꼭 시간에 떠밀려 사라지게 되
는 미련한 사람들을 시인은 비웃고 있다.

그러던 네가
이젠 무슨 생각으로
아주 노상 <조금>이니,
그래 고마운 일이다.
네가 그렇게 착하게 구니
얼마나 조용하고 좋으냐.
나도 이젠 마음놓고
성경책을 봐야겠다.

——「나의 그것에게」 부분

　시간의 철학은 다시 말하면 '순리'이다. 젊은 날, 이성
에 대한 욕망이 생명의 씨를 뿌리게 했으나 "이젠 마음놓
고/ 성경책을 봐야겠다"며 생명의 질서를 따르고자 한다.
순리는 순명(順命)을 가능케 하지 않는가. 「막」의 사상도
이와 대동소이하다고 본다. 오묘한 하늘의 그물인 막이
있어 빛과 어둠은, 하늘과 땅은, 삶과 죽음은 구분된다. 시
인은 막이 있는 곳에 풍요가 분배되고 기근이 구제됨을
알고 있으며, 사리와 신장결석의 차이도 알고 있다. 올바
른 앎이 없이 삶이 영위될 수는 없다. 성찬경 시의 깊이
는 무조건적인 신앙심에서 나오는 것이 아니라 무지를 깨
우치려는 인식 욕구에서 나오는 것이 아닐까. 우리 것의
소중함을 들려준 「동치미」「간장」「김치」도 유년기의 체
험에 기초한 '앎'이 무르익어 탄생한 시이다. 그가 배타적
인 종교인이라면 「신라 토기에 담긴 탱자」나 「봉황부」「
사리」 같은 불교적인 깨달음의 세계를 다룬 시는 결코 쓸
수 없었을 것이다. 그의 시는 겉으로는 쉬운 듯하지만 그
뜻을 음미하면 결코 가볍지 않다. 편편이 생의 무게를 지
니고 있기 때문이며, 잠언과 경구가 곳곳에 숨어 있기
때문일 것이다.
　'시'에 대한 시를 쓰면서 성찬경 시인은 자주 별을 비

유의 대상으로 삼았었다. 빛을 내는 별들(항성)도 수명이
있어 언젠가는 사라지겠지만 인간의 수명을 거기에 비할
수는 없다. 성찬경은 참으로 자주 우주의 화음을 들려주었
다. 성좌야말로 신의 입김인 것. 그는 한국 시인들에게 결
여되어 있는 우주적 상상력을 구사하여 독자를 광막한 하
늘로 띄워 올리곤 했다.

> 어렸을 때
> 내가 언제나 보고 좋아한
> 별들이 있었다.
> 하늘에 모대모대 모여 있는
> 그 별 송이를
> 나는 포폴로좌라고 이름붙였다.
>
> ──「포폴로座의 별들」 부분

시인은 어릴 때부터 별을 우러러보며 상상력을 키워온
모양이다. 별자리에다 이름을 붙이던 소년 성찬경은 시인
이 되어 오로라(극광)를 보고서 "더없이 웅혼한 우주의
시"라고 표현한다.

> 남극의 높은 하늘과
> 북극의 높은 하늘에서
> 동시에 펼쳐지는 쌍무(雙舞)라 하는 대목에 이르러서는
> 더없이 웅혼한 우주의 시였다.
> 태양과 지구의 신비한 속삭임이었다.
> 우주 영혼의 너훌거림이었다.
>
> 오로라는 국적이 없었다.
> 나는 오로라에서
> 내가 지금까지 자나깨나 찾아 헤맨
> 나의 <우주율>의 전형을 보았다.
> 저 멋 저 흐름을 나의 예술에 엮어 넣기 위해서는

나의 남은 영원한 정열을
마저 불태울 수밖엔 없는 일이었다.

——「오로라」 부분

　　<우주율>은 성찬경의 시를 해독할 수 있는 중요한 단서가 아닐까. 전에 성찬경은, <우주율>이란 구체적으로 운문과 산문의 중간쯤을 가는 문체를 가리키는 말이라고 설명한 바 있다. 그러나 <우주율>이라는 말에는 문체의 형식에 대한 이러한 뜻 이외에도, 정신적인 면에서 시를 바라보는 경우의 뜻도 들어 있을 것이다. 결국 <우주율>이 우주의 생리와 호흡의 리듬을 시에 담아보려는 시인의 의도를 나타내는 것으로 봐도 무방하리라고 나는 생각한다. 우주율의 '율'은 '律'일 것이다. 법률 률, 가락 률로 새기는 '율'이므로 우주의 법칙과 우주 음율의 결과를 오로라로 본 것이다. 오로라는 빛이다. 별과 더불어 지상의 어두운 곳을 밝히는 빛이므로 시인은 자나깨나 찾아 헤매었던 것이고, 멋진저 흐름 속에 나의 예술을 엮어 넣고자 했던 것이다. 우주의 한 부분을 점하고서 빛을 뿌리고 있는 존재인 별과 웅혼한 우주의 시인 오로라, 그러한 조화(화음)를 꿈꾸는 것이 바로 시라는 것은 참으로 의미심장하다. 우주율은 결국 신의 존재를 증명하는 것인데, 시인은 시로써 우주의 질서에 편입하려고 한다. 그럼 신과 사람 사이에 시인이 있는 것인가?

　　나의 별아.
　　내가 마침내 너를
　　찾아낼 것이라고 믿어도 되겠니?
　　내 마음 하늘 신비로운 빛
　　나의 시의 별아.

——「나의 별아」 부분

성찬경은 신비의 별을 찾고, 별자리에 이름을 붙이던 그 마음으로 시를 써온 시인이다. 별을 포함한 모든 사물에 대해 신비감 혹은 경외감을 갖고 있는 시인에게 물질에 대한 인간의 학대는 참을 수 없는 일이다. 별이 모여 우주를 형성하듯이 인간이 모여 이 사회를 형성하며, 물질이 모여 이 세상을 형성하고 있다. 시인은 언제인가부터 물질들의 권리장전을 설파하기 시작하였다. 색다른 차원의 문명 비판인 동시에, 물질을 남용하는 인간에 대한 준엄한 비판이다.

> 바위도 산도 물질 아닌가.
> 그 좋은 자연도 물질 아닌가.
> 우리의 육신처럼.
> 모든 것이 다 형제.
> 물질을 사랑하는 사람은
> 검소한 생활을 하게 된다.
>
> ——「설교」 부분

개발만을 외치던 산업화 시대를 거쳐 많이 사 쓰는 것이 미덕인 자본주의의 극성기를 살고 있는 우리들의 귀에는 쉴새없이 광고 문구가 들려온다. 눈만 뜨면 우리 눈에는 광고지와 광고 화면이 들어온다. 더 좋으니 바꿔 쓰시라고, 빨리 안 사면 후회한다고 외치고 있다. 하지만 시인은 "왜 멀쩡한 물건을/ 저렇게 거리에 마구 버리는가" 하며 안타까워한다. 물질을 사 쓰는 것이 능사가 아니라 물질을 아끼며 사랑하는 일이 '사는 길'임을 역설(力說)하는 시인의 역설(逆說)이 가슴을 친다.

시인은 우주율을 따르지 않는 사람들이, 물질의 권리를 무시하는 사람들이, "나의 시의 별"의 신비로운 빛을 외면하는 사람들이 못내 안타까운 것이다. 물질에도 물질의 얼이 있고 회비가 있으므로(「물권말살시대」), 버림받은 콜라 통과 종이 컵, 양은과 종이 같은 것이 소재(素材)로, 시인의 표현대로라면 "너희들 자신으로" 돌아가기를 바라지만 현실은 물권을 말살하고 있다. 시인의 눈에는 돌밭도 보석밭으로 비친다. 자연의 한 귀퉁이에 돌들이 '자연스럽게' 있기 때문에 그것은 보석이다. 돌밭에서 하늘의 성좌를 보는 시인의 눈은 밝다.

> 이러한 보석이
> 발 아래 무수히 깔려 있는 광경은
> 그야말로 하늘의 성좌를 축소해 놓은 듯
> 일대 장관이었다.
> …(중략)…
> 있는 것 모두가 빛을 발하는
> 영원한 생명의 밭이
> 우리가 걷고 있는 곳이다.
>
> ──「보석밭」 부분

무생물에 생명을 부여한 이유를 알 것도 같다. 자연을 자연 그대로 두지 않으려 하는 인간을 향한 차분한 설득, 그것이 「보석밭」이다. 물질을 소재 그대로 두지 않으려 하는 인간을 향한 카랑카랑한 꾸짖음, 그것이 「보석밭」이다.

> 지구는 우리의 유일한 집.
> 온 우주에서 제일 아름다운 집.
> 원래는
> 수정같이 맑고 시원한 물 흐르는
> 젖과 꿀 흐르는
> 곰삭은 새우젓 국물도 흐르는
> 송이버섯 향기 이는
> 지구.
> 지금은

피부도 내장도 썩어 들어가
빈사상태에 임한
지구.

—「물권시」 부분

　물권이란 무엇인가. "물질도 스스로의 영묘한 얼개와
내용을/ 인간처럼 주장할 수 있는 권리/ 더 나아가 사랑
을 받을 수 있는 권리"이다. 생명 없는 물질에게 권리를
주자는 주장은 얼른 들으면 궤변 같지만 그 속에는 '우렁
찬 예언자적 목소리'가 숨어 있다. 성찬경의시는 이렇듯
모더니즘 도래 이래 유행이 되다시피 한 문명 비판의 시
각에서 멈추지 않고 철학적 깊이를 담보하고 있다. 우주
율과 물권에 대한 해석을 단 몇 마디로 줄이는 나의 역량
부족이 한스러울 뿐이다. 아무튼 이번 시선집에 실린 시
대부분은 한국 서정시 일반의유약함을 단호하게 뿌리치
고 있다. 밝고 건강하고 힘차다. 성찬경 시인의 시는 이렇
게 젊고 廣大無邊하므로 이 시선집 출간을 계기로 더욱
건강하고 힘찬 시를 쓰실 것으로 믿는다.

시인의 말

성 찬 경

나는 평소에 <포폴로座의 별들>이 내는 아름다운 사랑의 빛은 이를테면 나의 마음안 하늘을 비추는 신화적 차원의 일이라고만 알고 지내왔다. 그러던 차에 그 별들의 사랑과 정성으로 이 시집이 간행되기에 이르니, 이 일은 신화적 상상과 현실과의 보기 드문 만남이라는 생각이 든다. 정말 꿈만 같아서 나로서는 평생에 처음 겪는 감격이기도 하다. 이 시집의 탄생을 실현시킨 <포폴로座의 별들>과 그 밖에도 도움을 주신 여러분께, 그리고 저렇듯 깊은 이해와 정성으로써 시의 해설을 써주신 이승하 시인께 고개 숙여 깊은 감사를 드린다.

나는 시를 써오면서 동시에 시론 쪽에도 적지 않은 관심을 가져왔다. <밀핵시론(密核詩論)>이니, <우주율(宇宙律)>이니, <요소시(要素詩)>니 하는 말들이 모두 시론을 전개하는 과정에서 생긴 말들이다. 그러나 시란 궁극적으로 읽는 이에게 무엇인가 깊은 감명을 주는 것이라야 한다고 나는 믿고 있다. 시론도 결국엔 그러한 시를 쓰기 위한 방편일 뿐이다.

여러분이 여기에 모은 시를 이러한 관점에서 읽어주셨으면 감사하겠다. 이러한 의도도 있고 해서, 내가 써온 시 중에서 읽기가 좀 까다로운 시는 이 시집에 넣지 않았다.

여러분 모두가 마음안의 별을 찾는데에 이 시집이 도움이 될 수 있다면 그지없이 다행스럽겠다. 또한 이 시집이 여러분의 마음안의 보석밭을 가꾸는 데에도 조금이라도 보탬이 될 수 있다면 나는 행복하겠다.

나의 별아 너 지금 어디에 있니?

- 지은이 : 성찬경
- 펴낸이 : 박대용
- 펴낸곳 : 도서출판 징검다리
- 초판1쇄 인쇄 2000년 3월 17일
- 초판1쇄 발행 2000년 3월 19일
- 편집 및 표지 디자인 : 백현숙
- 주소 : 121-220 서울시 마포구 합정동 426-1
- 전화 : (02)3143-1966 · 332-3880
팩시밀리 : (02)3143-2757
ISBN 89-88246-25-× 02810

잘못 만들어진 책은 교환해 드립니다.